© 2023 Vincent GUILLARD
Édition : BoD - Books on Demand, info@bod.fr
Impression : BoD - Books on Demand, In de
Tarpen 42, Norderstedt (Allemagne)
Impression à la demande
ISBN : 978-2-3221-1402-3
Dépôt légal : Mars 2023

Chapitre 1
Dimanche 12 novembre

06h30 du matin, le soleil n'est pas encore tout à fait levé, il marche seul, dans la forêt de Rougeau en seine et marne, éclairé par la seule lueur de la lune.

Il quitte le chemin de terre, tant de fois emprunté depuis son enfance, à faire des cabanes, à jouer avec les copains. Puis plus tard, pour des balades solitaires, à marcher ou ramasser des champignons. Une passion que sa femme ne partage pas et que, par la force des choses, il a laissé tomber, et s'enfonce à travers les arbres.

Il lève les pieds pour éviter le désordre que la nature se laisse aller à déployer largement, profitant d'un répit que l'homme lui laisse, en prenant possession des lieux à sa façon.

En temps normal, le chant des oiseaux, le calme inhabituel, face à une vie par trop mouvementée, les senteurs boisées et le craquement lent et puissant des branches, l'auraient apaisé en lui donnant un sentiment de sérénité. Mais aujourd'hui, ils passaient totalement inaperçus.

Marc, 42 ans, 1,85m, le crane un peu dégarni, quelques kilos en trop, est, ce qu'on pourrait appeler un homme fantôme.
Vous en connaissez certainement dans votre entourage. Ces personnes que nous croisons tous les jours sans jamais pouvoir se rappeler leur nom ou ce qu'ils font réellement au sein de l'entreprise.
Brillant dans son boulot, comptable dans une boite d'import export dans une zone industrielle de Sénart en seine et marne.
Il sait se rendre indispensable professionnellement sans qu'on s'intéresse à lui autrement.
Malgré sa présence physique qui ne pouvait passer inaperçue, il se fondait littéralement dans le décor. Quel qu'il soit, transparent pour tout le monde, on le voyait et l'oubliait aussitôt.
Marc a passé sa vie à l'écoute des autres. Sans jamais se mettre en avant. Une timidité maladive l'a laissé en retrait d'une confiance

en soi absente, qui faisait de lui ce qu'il est aujourd'hui.

Marié depuis 20 ans à Nathalie, qui, habituée à le voir effacer en permanence, s'est évertuée à mener une vie sans s'occuper de ce qu'il pouvait penser ou ressentir.

Un «marie objet» gagnant bien sa vie, gentil et très réservé.

Ce n'était certes, pas un mariage forcé, mais sans amour véritable.

On se met ensemble parce que cela paraît naturel aux yeux des parents, de la famille, surtout sa mère :

-Elle est très bien cette Nathalie. Tu devrais penser à te marier Marc, tu ne vas pas rester à la maison toute ta vie. Il faut que tu voles de tes propres ailes, et puis ses parents sont sympathiques.

Il n'en fallait pas plus pour organiser rapidement ce changement de vie.

Quitter sa mère, qui a consacré son temps à s'occuper de lui pour se marier à une femme qui va prendre le relais et s'occuper du reste de sa vie. Son destin était écrit, presque sans qu'on lui demande son avis. Et quand bien même, aurait-il exprimé un avis ?

2 enfants, Stéphane 18 ans, et Caroline 15 ans, pour qui il n'avait aucune autorité. Un père présent physiquement mais absent de tout rapport affectif ou éducatif. Il ne leur disait jamais rien, et de leur côté, eux non plus. Quelques mots échangés au cours de la journée mais sans plus.

Une normalité existentielle d'apparence. Une petite maison avec jardin en banlieue parisienne, marié, père de famille, et hop, on est normal aux yeux de tous. En tout cas , c'est ce que pense Marc dans cette société où tout doit être aux normes. «Je suis et vis comme tout le monde, donc je suis normal»…

Il en avait assez de cette vie, mais comment s'en sortir sans casser cette «normalité» ? Pouvait-il effectuer une renaissance à son âge ? Serait-il possible d'être un autre ? Mais qui d'autre ? En fait il voulait juste être quelqu'un.

Mais aujourd'hui, dans cette forêt, il n'y croit plus. De toute façon, sa disparition n'inquiéterait personne, alors autant en finir rapidement. Qui peut s'apercevoir et s'émouvoir de la disparition de quelqu'un qu'on ne voit jamais ? Quelqu'un qui n'apporte rien, à qui on ne demande jamais rien ? Personne.

Il s'arrête près d'un gros chêne, aux branches robustes et saines.

Ce chêne sur lequel, à l'époque, il avait gravé ses initiales avec celle d'une fille de 13 ans. Il en était amoureux depuis la maternelle. La fille n'en a jamais rien su bien sûr.

Trop timide pour l'aborder. La peur du ridicule en cas de refus. Et aussi, peut-être, la peur qu'elle dise oui. Je sais, c'est un peu glauque se dit-il, mais bon, ça reste mon souvenir. Enfant, il est souvent venu au pied de cet arbre. S'asseoir. Et parfois même, lui parler. Lui raconter ses malheurs. Quand on a personne à qui parler, on se parle à soi-même. Où bien comme lui, à un arbre. Il y en a bien qui écrivent dans un journal intime. Lui il parlait à son arbre. C'était son refuge à lui. Et avec lui, il n'avait pas peur de recevoir des remarques, des critiques ou des moqueries. Alors, c'est tout naturellement, au moment d »'en finir avec sa vie, qu'il retrouve son « vieil ami ».

Il sort une corde de son sac à dos et l'installe, en prenant soin de prendre la plus belle branche. Bien solide. Il ne s'agit pas qu'elle casse au moment voulu.

Alors qu'il termine le nœud coulant, prêt à faire de lui un souvenir dans la vie des autres, une voix lui parvint et le fait sursauter. Une voix ni agressive, ni trop gentille. Presque une voix amie.

-Holà l'ami, tu vas faire une connerie.

Marc, se croyant seul, sursaute et se retourne. Il se trouve face à un homme, la quarantaine, un chapeau mou sur la tête, un panier à la main (la saison des champignons se terminait, mais on voyait encore quelques courageux arpenter les sous-bois à la recherche d'espèces tardives).

La brume matinale ainsi que la lueur lunaire lui donne un aspect fantomatique. Vision surréaliste pour un homme s'apprêtant à visiter l'au-delà.

L'impression d'être à l'entrée du paradis et devoir en payer l'entrée à un ange.

Il reste planté devant cet homme sans pouvoir dire un mot. Même dans ces moments-là. Lorsque je décide de faire quelque chose par moi-même je ne peux pas pense-t-il.

-J'ai un thermos de café, on s'en boit une tasse ? Lui dit l'homme au chapeau.

Marc, comme à son habitude, fait oui de la tête sans toujours prononcer un mot. Il se dit juste qu'il ne peut même pas quitter cette vie comme il l'entendait. Même sa propre mort lui était refusée. Il paraît qu'on a tous un ange gardien. Le mien à du s'octroyer de longues vacances pense-t-il.

Il prend une tasse en plastique remplie de café chaud que lui tend l'homme face à lui, et le regarde hébéter et surpris. L'homme lui tend la main.

-Moi c'est André.

-Bonjour. Marc.

-Hé bien Marc, je crois qu'on va causer un peu. Les champignons attendront.

-Je n'ai rien à dire.

-Oh que si. Pour faire ce que tu es en train de faire, on a forcément quelque chose sur le cœur.

Et puis, maintenant que je suis là, il est hors de question de te laisser partir au bout d'une branche. Tu vas me gâcher ma journée avec tes conneries. Un si bel arbre n'a pas besoin de ton corps en guise de fruit. A lui aussi tu vas lui pourrir sa journée.

C'est la première fois qu'on lui parle comme ça, d'une façon dure, franche, mais pleine d'intérêt. Habituellement on lui donne des ordres. Ou bien des reproches. Mais jamais personne ne s'est vraiment intéressé à lui. A ce qu'il pense, ce qu'il aime ou aimerait. Tout simplement lui demander son avis.

Alors, un peu timide, et certainement parce qu'il pense être au terme de sa vie, Marc se livre à cet homme et se met à parler en racontant son existence dans les moindres détails. Sans gêne, sans crainte, comme s'il se parlait à lui-même, ou à son arbre. Ce qu'il fait très souvent, mais cette fois à voix haute. Et à quelqu'un. C'est tellement inhabituel pur lui, qu'il se lâche et se confie à cet inconnu. Cet inconnu qui l'écoute. Sans lui faire de reproche. Juste l'écouter. Ça lui fait du bien. Ça le rassure. Ça l'encourage. Une sensation qu'il n'a quasiment jamais connue.

Il ne s'en rend pas compte sciemment, mais cette thérapie improvisée le libère petit à petit de tout un sac trop lourd à porter. Sac qu'il porte depuis beaucoup trop longtemps d'ailleurs.

Comme s'il parlait pour la première fois de lui, de sa vie, de ce qu'il aurait aimé être, faire ou entendre.

Je pense, très sincèrement que, si on nous posait la question : «qu'aimeriez-vous entendre» ? Personne ne saurait vraiment répondre.

Et pourtant, n'est-ce pas important ce qu'on aime ou aimerait entendre ? Posez-vous la question, elle n'est pas si bête ni dénuée de bon sens. On a tous cette envie d'entendre certains mots. Et même si, contrairement à Marc, on donne notre avis sur beaucoup de choses, On ne dit pas toujours ce qu'on aimerait entendre de ceux qu'on aime, ou juste de ceux qu'on apprécie.

Deux heures se sont écoulées.

-Voilà, et maintenant, je ne suis même pas capable de partir comme j'en ai envie.

-Ce n'est pas la question.

-C'est la mienne en tout cas.

-Je t'ai écouté tout ce temps, maintenant c'est à toi de m'écouter.

Il te faut un guide, d'après ce que je vois, tu es incapable de changer sans une aide. Alors je vais te proposer un truc. À partir de maintenant, je serai ton mentor dans ta vie. J'ai beaucoup de temps libre et n'ai pas grand-chose à faire, par contre, j'ai l'expérience et le savoir pour te guider dans cette jungle de vie.

-Mon mentor ?

-Tu n'aimes pas ta femme hein ?

-Je ne sais pas.

-Alors tu l'aimes pas. Elle est la femme qui partage ta vie, mais rien de plus. Même si elle reste la mère de tes enfants, pour vivre avec quelqu'un, il faut de l'amour.

-Et je fais quoi ? Je ne vais pas divorcer quand même !

-Bien sûr que si tu vas la quitter, c'est même la première chose que tu vas faire. Tu vas te trouver un logement à toi, lui expliquer que tu ne l'aimes plus et partir. C'est pas plus compliqué que ça.

-Je ne pourrai jamais faire ça.

-C'est pour ça que je suis là. Ton mentor. Je resterai à tes côtés aussi longtemps qu'il le faudra, mais tu devras m'écouter et appliquer à la lettre ce que je te dirai. Je serai ta conscience, ton « jiminy cricket ».

OK, on est dimanche, tu fais quoi d'habitude le dimanche ?

-On va manger chez mes beaux-parents.

-Hé bien tu ne vas pas y aller.

-Alors ça, ça ne va pas être simple.

-Tu lui dis non, simplement et calmement. Vas-y doucement au début, mais sois ferme.

-Elle ne va pas m'écouter.

-Un mec qui a fermé sa gueule toute sa vie, le jour où il l'ouvre un peu, la terre entière s'arrête presque de tourner pour l'écouter. Prends juste une bonne inspiration et dis-lui calmement, que tu ne veux pas y aller. Ne t'inquiète pas, les premiers mots sont les plus durs, après ça vient tout seul. La seule chose est de rester calme en toutes circonstances. Tu vas réapprendre à vivre mec.

-Vous me demandez de changer, d'être quelqu'un d'autre !

-Déjà, tu vas commencer par me tutoyer. Tu ne seras pas quelqu'un d'autre, je vais t'aider à faire sortir l'homme qui est en toi. Ce que tu veux vraiment être. Arrêter d'être un mort au pays des vivants et faire semblant d'avancer et de vivre par procuration au travers des autres.

Il est temps que Marc vive pour lui et par lui.

Attends. André griffonne son numéro de téléphone sur un bout de papier et le lui tend.

-Appelle-moi quand ils seront partis.

-Tu crois qu'ils vont y aller si je n'y vais pas ?

-Appelle-moi quand ils seront partis. Rentre chez toi. À tout à l'heure.

Marc le regarde partir. Avec cette brume, il a l'impression qu'il ne part pas vraiment mais qu'il disparaît doucement. Comme par magie. Et ça lui rappelle quelques moments de son enfance. Lorsqu'il s'imaginait des amis virtuels. Des personnages qui ne vivaient que dans son imagination.

Je viens de raconter ma vie à un homme que je ne connais pas...

Mais il m'a écouté...Il s'est intéressé à moi.

Sans s'en rendre compte, il venait de prendre la décision de lui faire confiance. Après tout je n'ai rien à perdre, ou peut-être tout...

Qu'importe, j'avais décidé d'en finir de toute façon, alors...et quoi qu'il arrive ma vie ne peut pas être pire que maintenant.

Il reste un moment à regarder ce chêne à qui il allait confier sa vie quelques heures plus tôt.

Les mains posées sur ce tronc solide et puissant, il le regarde. Sereinement, comme s'il le remerciait de lui avoir évité de commettre l'irréparable.

Je reviendrai te voir mon ami. Je reviendrai.

Marc prend la direction du petit chemin de terre, et écoute, cette fois, les bruits forestiers et animaliers avec cette senteur boisée de verdure et de moisissure qui font le charme et la beauté de cette forêt. Sa forêt. Parc naturel de réserve préservée dans laquelle il s'est souvent aventuré pour se retrouver seul sans ce monde qui l'entoure sans jamais le regarder.

Cette forêt qui l'a vue grandir. Jouer, souvent seul, à se raconter et vivre des aventures burlesques. A s'inventer des personnages, dont l'assurance virtuelle lui donnait des ailes, lui donnait la force.

Puis vient le temps des promenades en famille, mais cela n'a plus le même parfum. On a souvent besoin d'un endroit, qu'il soit réel ou imaginaire pour s'évader. Prendre du recul par rapport aux aléas de la vie. Un endroit qui nous appartient, qui nous aide à évacuer ce trop-plein quotidien.

Cet endroit, c'était son refuge. Presque comme un enfant, il s'imaginait, lors de ses nombreuses promenades, être quelqu'un d'autre. Un homme imaginaire. Pas un héros de film fantastique, juste un homme avec du caractère. Un simple être humain qui dirige sa vie, qui sait dire non quand il ne veut pas. Un homme quoi.

Une brume recouvre la mousse et le tapis de ronces et buissons qui bordent le chemin.

Les rayons timides du soleil de novembre percent çà et là le paysage un peu sauvage. Donnant une couleur céleste et mystérieuse. Le reliant presque au nuage sur lequel il se trouvait.

Porté par une énergie, mêlant la peur, l'envie, l'espoir et le mystère de l'inconnu, il se sent flotter, comme hypnotisé. Un état second qu'il ne connaissait pas. Une découverte totale l'attendait. Marc avance sur le chemin de la maison. Sans stress, il marche, calme. Se demandant comment sa femme allait réagir face à ce refus.

Le premier de sa vie.

C'est bizarre, comme une rencontre toute simple peut changer toute une vie. Suis-je capable de changer ? Suis-je capable, comme il dit, de faire sortir cet homme qui est en moi ?

Y a-t-il quelqu'un en moi ?

Je ne sais même pas ce que j'aimerais être vraiment.

Je suis juste fatigué d'être ce que je suis, un homme transparent qu'on ne regarde pas, qu'on n'écoute pas.

Cette impression d'être accessoire pour une famille, les collègues de boulot et toutes les relations qui bordent ma vie sans jamais entendre une question sur mes souhaits, mes désirs.

André a raison, je ne sais pas comment ça va se passer ni comment je vais le faire, mais il faut que ça change.

Il faut que je change.

Putain, ça fout la trouille quand même.

Dès son arrivée, Nathalie le regarde à peine :

-Tu as une demi-heure pour te préparer, maman aimerait qu'on soit là de bonne heure, papa est un peu fatigué et voudrait faire sa sieste après.

Prenant une grande inspiration :

-Non, aujourd'hui je reste là, je n'y vais pas.

Nathalie s'arrête un moment, le regarde en haussant les sourcils.

-Et pour quelle raison je te prie ?

-Je n'y vais pas c'est tout.

-Tu es malade ?

Ne voulant pas rentrer dans le vif du sujet dès aujourd'hui, Marc préfère acquiescer. Comme d'habitude. Avancer doucement, c'est avancer quand même.

-On n'a pas idée de faire une balade en forêt de ce temps-là, mais tu n'écoutes jamais.

Marc ne dit rien et part s'enfermer dans son bureau.

Il entend au travers de la porte son fils protester.

-Et pourquoi je devrais y aller s'il reste là ?

-Ne discute pas Stéphane, on va chez tes grands-parents point final. Tu auras tout le temps de sortir en revenant si tu le veux.

-Fais chier.

-Et reste poli je te prie.

Nathalie entre dans le bureau et d'un air de mépris lui lance :

-Si tu te sens un peu mieux, ce serait pas mal de faire un peu de ménage, ça m'avancerait un peu.

Marc ne répond rien. De toute façon, elle n'attend pas de réponse. Déjà la porte se referme et il se retrouve seul à la maison pour la première fois depuis des années.

Un sourire aux lèvres, il se laisse aller un instant dans son fauteuil. Goûtant cette nouvelle sensation.

Il repense à cette rencontre peu commune.

Et si c'était un ange. Il sourit à l'absurdité de sa pensée.

Il passe rapidement l'aspirateur, se disant qu'on allait y aller tranquillement sur ce changement de vie. Et puis on ne peut changer en un jour. Des années de soumission ne s'évaporent pas comme par enchantement. Le chemin va être long. Il le sait. Il le sent. Il s'installe à son bureau.

Le chat de Nathalie, un chat angora, ronronne sur un coussin à côté de lui.

Marc écrit des poèmes. Il aime écrire. Une sorte de défouloir à tout ce qu'il ne pouvait dire. Une réponse aux questions pour lesquelles il ne savait répondre ouvertement. Sur la vie, sa femme, les autres. Jamais personne ne les avait lus. C'était sa réserve à lui. Ses pensées à lui. Son exutoire. Sa façon de faire sortir sa colère, quand il subit des remarques, des brimades, des critiques. Ce serait plus simple d'y répondre directement. Mais ça il n'a jamais su faire. Alors il écrit. Ça l'aide à tenir dans cette drôle de vie.

C'est rare qu'il écrive en plein après-midi. Sa femme lui aurait trouvé quelque chose à faire. Ou simplement demandé ce qu'il faisait. Et ça, il n'était pas prêt à lui montrer.

C'est fou ce que ça fait du bien. Seul. Faire ce que je veux, sans personne pour me dicter ma conduite ou m'imposer quoi que ce soit.

Sa volonté de suicide du matin s'est totalement évaporée. Même s'il sait qu'il lui faudra du temps, il se sent galvanisé par cette volonté de changer de vie. Galvanisé mais avec un stress malgré tout très présent.

Posé sereinement dans son fauteuil, il compose le numéro d'André.

-Allô, c'est Marc.

-alors, comment ça s'est passé ?

-Je n'y suis pas allé.

-Bien, ça été ?

-On va dire que oui, elle pense que je suis malade.

-Maintenant que tu as fait le premier pas, il faut continuer. Dès ce soir tu lui dis que tu veux partir.

-Je vais essayer.

-Ais confiance en moi. Ça va être un peu dur au début mais c'est la meilleure chose que tu feras.

-Je ne sais pas... Mais je le ferai.

-OK rappelle-moi demain.

-Au revoir, merci.

-Ne me dis pas encore merci, attend un peu. Tu vas tout de même en baver un peu, mais au final ça vaut le coup.

La journée passe rapidement Quand on est bien, tranquille, sans aucune remarque ni regard méprisant, ça passe toujours trop vite pense Marc. Le retour de Nathalie et des enfants le ramène à la réalité. Il sait qu'il doit lui parler. Prendre son courage pour lui annoncer son désir de la quitter et de partir. Ce n'était pas si simple que ça en avait l'air. C'est déjà pas simple pour la plupart des gens, mais pour Marc, cela relève du domaine du surréel, d'un challenge inaccessible. Mais s'il voulait vraiment changer il le devait. Et puis il a promis à André de l'écouter et de faire ce qu'il lui disait. C'était leur contrat. Il va tout faire pour le respecter. Qu'est-ce que je risque pense-t-il.

-Alors tu vas mieux ?

-Oui ça va.

-je ne te cache pas que papa et maman ont été très surpris par ton absence. Je leur ai dit que tu étais malade, que tu étais déçu et que tu viendras dimanche prochain.

Marc prend une grande inspiration, puis se lance.

-Non.

-Qu'est ce qui te prend ?

-Il me prend que j'en ai marre. Tous les dimanches chez tes parents, les miens, on les voit une fois de temps en temps.

Nathalie lui coupe la parole :

-Tu sais très bien qu'avec ta mère ça passe difficilement.

-Eh bien moi, maintenant j'en ai marre, vas-y tous les dimanches, tous les jours si tu le veux, mais moi c'est terminé… Et pas que ça…

Il se rend compte que sans le vouloir, le ton de sa voix monte. Ça le perturbe d'un coup. Jamais il ne s'est énervé. Il ne maîtrise pas du tout ce nouvel état d'esprit. Ce n'est pas lui, mais il doit le faire. Alors il redescend. Se force à se calmer un peu. Il reste au niveau qu'il connaît. Ça le rassure pour continuer. Comme s'il apprenait à faire du vélo sans roulettes, la peur de flancher est là.

-Explique!

-Écoutes Nathalie, tu ne crois pas que notre couple va mal?

-Mal? Tu veux dire plus qu'au début?

Là, elle marque un point se dit-il. Ça n'a jamais vraiment marché quand on y regarde bien.

-Oui tu as raison, ça n'a jamais vraiment évolué, moi j'en ai marre.

-Tu vas bientôt me dire que tu veux me quitter ? Lui dit-elle en rigolant presque.

-Oui

Marc se lève, passe devant sa femme qui reste muette, et s'en va dans son bureau. André à raison, ça fait drôle à tout le monde quand on parle pour la première fois. Et là c'est sa femme qui en fait les frais. Il se lève parce qu'il sait que s'il reste, s'il lui laisse le choix de la conversation, il est perdu. Il sait qu'il ne pourra pas lui tenir tête comme ça du jour au lendemain. Alors il part.

Premier round gagné pense-t-il, le cœur battant à mille pulsations, mais il va y en avoir d'autres. Beaucoup d'autres. Et il sait que c'est une toute petite victoire. Il sait qu'elle va vite reprendre son souffle. Qu'elle va tout faire pour reprendre l'ascendant sur lui.

Au bout d'un petit moment, effectivement, Nathalie ouvre la porte du bureau. Presque à la volée.

-Tu as rencontré quelqu'un?

Il faut reconnaître qu'elle récupère vite se dit-il.

-Non, non ça n'a rien à voir.

Marc n'avait jamais contesté sa femme. Le faire aujourd'hui lui donne des palpitations. Le fait transpirer. Il faut couper court à tout ça. Si je la laisse discuter je suis perdu. Je vais pas pouvoir tenir. Il essaye de se reprendre. De garder le contrôle. Mais c'est une grande première pour lui. Et il ne sait pas gérer ça. Il se sent comme pris dans un piège qu'il n'a pas voulu installer.

-Tu comptes partir quand?

-Je ne sais pas. Dès que j'aurai trouvé un logement, mais je te laisse la maison, ce sera mieux avec les enfants.

-Encore heureux que je garde la maison, tu ne veux quand même pas me mettre dehors. Je te laisse le soin de l'annoncer aux enfants. Tu manges quand même avec nous ce soir?

-Oui. Que pouvait-il dire d'autre? Le ton de sa femme était encore plus méprisant que d'ordinaire. Il a envie d'être ailleurs. Mais il faut affronter tout ça. S'il veut partir, il va devoir subir ça.Il le sait. Il ne pleut plus reculer.

Marc a l'impression que sa tête va exploser. Le sang bat très fort au niveau des tempes. Il se sent coincé dans un jeu de rôle. Un rôle qui n'est pas le sien. Qui ne l'a jamais été.

Elle ressort sans dire un mot, un peu abasourdie. Il reste planté un moment, se disant que pour la première fois de sa vie, c'est lui qui prenait une décision. Et quelle décision. Une sensation nouvelle pour lui. Il ne saurait la définir complètement. Un mélange de peur et de soulagement. Difficile de l'analyser à chaud. Mais il n'allait pas reculer. J'ai certainement fait le plus dur pense-t-il. Mais il connaît sa femme. Et il n'est pas tout à fait sûr que le plus dur soit vraiment passé.

A l'heure du repas, l'ambiance froide se fait sentir. Seul le bruit des couverts accompagne le repas. C'est Caroline qui brise le silence.

-Il se passe quoi là? On a loupé un truc? Vous vous êtes engueulés?

Nathalie regarde Marc qui se tétanise un peu plus à chaque seconde.

-Je crois que votre père veut vous parler. Finit-elle par dire.

Nouveau coup de chaleur pour Marc. L'expliquer aux enfants. Tenir bon. Nouvelle épreuve. Ça s'enchaîne trop vite pour lui. Il sent que si la journée ne se termine pas très vite, il ne va pas tenir. Pourtant il tient bon, et se lance.

-J'ai quelque chose à vous annoncer c'est vrai. On va se séparer avec votre mère. Je serai toujours là pour vous, mais je vais partir.

Stéphane le regarde et ne peut s'empêcher de rire.

-Toi tu vas partir? T'as une gonzesse ou quoi?

-Écoutes Stéphane, tu vas commencer par me respecter un peu plus que ça, je suis ton père. Ce n'est pas parce que j'ai décidé de partir que je n'ai plus d'autorité.

-D'autorité? T'en as jamais eu. C'est maman qui s'est toujours occupé de nous. T'as craqué ou quoi? Maintenant si tu veux partir, je vais respecter ça, y a pas de soucis.

T'inquiètes. Mais viens pas me parler d'autorité.

L'ado de 18 ans, qui n'a jamais entendu son père autrement que pour dire bonjour ou bonsoir. Comment pourrait-il en être autrement ?

Vaincu comme il l'a toujours été depuis des années, Marc se tait. Il aimerait remettre à sa place son fils. Mais il se tait.

Même s'il sait qu'il a raison, il se sent seul d'un coup. Vraiment seul. Et vide comme jamais il ne l'a été. Il faut que je parte au plus vite. Que je change tout ça. Ce n'est pas possible d'être une merde à ce point là. Petit à petit il a l'impression de se découvrir lui-même. Se rendre compte qui il est vraiment. Et ce nouvel état d'esprit lui fait mal. Toute sa vie il a été résigné. Mais le fait de vouloir changer lui ouvre les yeux sur sa véritable condition. Sur ce qu'il est réellement.

Nathalie, qui d'ordinaire aurait repris son fils, ne dit rien.

Le repas se termine dans le silence...rapidement.

-Tu vas dormir où? Lui demande sa femme.

-Dans mon bureau, c'est le mieux non?

-Je ne sais plus, fais comme tu veux.

Demain, pense-t-il, je m'occupe de trouver un logement. Je ne peux plus reculer. Tant mieux. Ou tant pis. Je verrai bien.

Ça fait du bien de s'imposer. Oh je sais, tu aurais pu dire quelque chose de mieux, quelque chose de plus. Mais bon. Quand même. Je suis en train de faire quelque chose que j'ai décidé. Quelque chose que je n'ai jamais fait de ma vie. Ça fait du bien… Beaucoup de bien… Même si ça me fait peur, ça fait du bien.

Demain est un nouveau jour dans cette nouvelle vie. Il le sait, tout ne va pas se faire comme par enchantement. Il va devoir traverser encore pas mal de scènes comme ce soir. Mais est-ce que ce sera pire que ce que c'était déjà? C'est pas possible ça. Alors, il se force mentalement à trouver la force nécessaire pour continuer. Pour avancer.

Dans une pièce à la faible luminosité, un homme est assis à une table en bois, toute simple. Il écrit sur un cahier. Un sac entrouvert posé à côté de lui dans lequel se trouve une corde. En fond sonore, on peut entendre la musique criarde des gun's and roses « welcome to the jungle ».

D'une petite voix, on l'entend murmurer.

-On va changer mon petit Marc, on va changer. Tu vas devenir quelqu'un d'autre. Quelqu'un de mieux. Plus personne ne te fera chier.

Fais-moi confiance. Tout ira bien. Tout ira mieux.

Ce soir-là, Marc s'endort rapidement. Sereinement. Cela faisait une éternité qu'il n'avait pas dormi comme ça. Il faut dire que ce regain de « rébellion » l'avait épuisé nerveusement.

Chapitre 2

Lundi 13 novembre

Marc arrive au boulot. Il s'est levé un peu plus tôt ce matin. Pas l'envie de croiser sa femme ou ses enfants. Surtout pas l'envie d'entamer une conversation qui resterait stérile à ce stade. Surtout ne pas entamer la journée par une discussion, il ne se sent pas, de bon matin à affronter son « changement ». Il gare sa voiture sur le parking réservé au personnel, puis se dirige vers la salle de repos. Comme d'habitude. Il va prendre un café avant de commencer sa journée. Parti tôt, il n'a pris le temps de déjeuner, et démarrer la journée sans café, c'est pas possible. Encore plus ce matin.

Ses collègues sont déjà présents. Ils discutent et rient ensemble. Luc, un collègue du service marketing est tout le contraire de Marc. Homme jovial, plein d'assurance, toujours à sortir une plaisanterie. A organiser des sorties. Il est très apprécié des autres qui ne ratent pas une occasion de rire de ses éternelles blagues.

Il s'adresse à Marc :

-Salut Marc ça va ?

Marc sait qu'il va subir ses sarcasmes, mais il lui répond malgré tout. Toute une vie de résignation ne peut pas s'envoler en une nuit. Il y a des habitudes, des réflexes qui restent. Qui semblent enracinés en lui.

-Oui je te remercie.

-Il est classe ton pull, un cadeau ?

Il est vrai que sa tenue vestimentaire ne varie pas beaucoup. Un costume bon marché, avec un pull en « V » par-dessus sa chemise. Aujourd'hui, il est bariolé de mauve et de gris. Certains diraient qu'il cherche un peu. Mais bon, cela fait partie de lui. De ses habitudes à lui. Il ne va pas tout changer d'un coup. Pour ça aussi il va falloir un peu de temps.

-Allez je te charrie…

-Il n'y a pas de soucis.

Les autres étouffent leurs rires à cette plaisanterie.

Le nombre de fois où Marc a été la risée de ses collègues, il ne s'en rendait pas compte à chaque fois. Le plus souvent c'était dans son dos.

La nature humaine est ingrate. On se moque souvent des autres, par peur d'être la risée soi-même. Sans penser au mal qu'on fait autour de soi. Il n'y a rien de méchant, en tout cas c'est ce qu'on se dit quand on n'en est pas la cible.

Seul Philippe, un homme d'une quarantaine d'années, travaillant au service informatique, d'un tempérament réservé, s'approche de lui.

-Laisse tomber Marc, c'est un con.

-Je sais, t'inquiète.

-Tu reprends un café ?

-Oui merci. J'en ai bien besoin.

Philippe a la quarantaine, d'une corpulence proche de Marc, les cheveux en plus, même s'ils sont coupés très court. Divorcé depuis cinq ans, il mène sa vie seul. Avec pour unique compagnie son chat. Vous avez remarqué le nombre de personne seule qui ont un chat ? Beaucoup. Cela fait une présence. Ça ne parle pas. Ça ne pose pas de questions. Et ça ne juge pas. Bref, Philippe est le seul qui est proche de Marc.

Marc, qui apprécie Philippe, se livre à lui en lui racontant son fameux dimanche. Il lui raconte, sans trop rentrer dans les détails, sa discussion avec André. Lui expliquant que c'était un vieux copain. Il garde pour lui son suicide avorté. Ainsi que le rôle de son « nouvel » ami pour diriger son changement. Comment pourrait-il comprendre la vérité. Je ne me l'explique même pas moi-même. Mais ça fait du bien de pouvoir se livrer un peu. Au moins lui il m'écoute sans juger ni faire de reproches. Avoir un soutien dans la vie, quel qu'il soit, est important. Une écoute amicale et sincère.

-Tu vas quitter ta femme ?

-Oui, j'en ai marre de cette vie de merde. De toute façon, elle ne m'a jamais aimé, à part me critiquer et me rabaisser en public. En partant je ne me sentirais pas plus seul qu'aujourd'hui. Juste les critiques en moins.

-Si tu as envie de passer boire un verre et discuter, il n'y a pas de soucis. Je suis passé par là. Je sais que ce n'est pas toujours évident. Et je serai là pour t'aider. Dans quoi que ce soit. Tu as juste à demander.

-Je te remercie.

Marc regarde ses collègues autour d'eux.

Ils me font tous chier. Qu'est-ce qu'ils ont de plus que moi pour m'ignorer à ce point là. Il ne leur répondrait jamais. Il ne se sent pas prêt pour ça. Il ne l'a jamais été. Changer oui, mais on ne peut le faire complètement. Et puis ça ne m'intéresse pas de me mettre à leur niveau se dit-il. Je veux bien changer, mais si c'est pour devenir un gros con comme lui, j'aime autant rester comme je suis.

Quelques-uns vont même à glousser entre eux en le regardant , se chuchotant à l'oreille, des plaisanteries à son sujet.

Entre eux, ils le surnomment « le tout mou ». Le bouc émissaire de la boite. Les gens ont souvent ce besoin de se trouver quelqu'un dans leur entourage pour se défouler et se moquer. Ça rassure sur ses propres peurs personnelles. On se sent fort. On se sent plus grand. Prêt à écraser les autres, pourvu qu'on me regarde moi. La dimension de l'égo au sein de la société.

Marc quitte la pièce et se dirige vers son bureau au 2e étage.

Si je veux m'occuper de ce logement, il est temps d'aller bosser. Ces cons verront le changement plus tard. Chaque chose en son temps.

Il se met à travailler sans penser à autre chose.

A 10h00, il prend le téléphone et commence à appeler une agence immobilière pour son futur logement. Il a rendez-vous le soir même.

Ça va vite pense-t-il. C'est fou. Quand on a pris la décision de changer, tout semble aller vite. Tout semble facile. Enfin en théorie. Il avance tout de même avec beaucoup d'inquiétudes. Trop d'années passées à subir ne s'effacent pas si facilement. Ce serait trop simple. Mais il l'a accepté. Même si le chemin est long. André a raison, cela vaut mieux que de tout plaquer en quittant cette vie sans rien tenter. Il travaille machinalement, mais ne peut empêcher son esprit de penser à tout ça. Il en a tellement rêvé, secrètement, de changer. D'être quelqu'un. Comme lorsqu'il était enfant, qu'il jouait, en se prenant pour tel héros, ou tel comédien dans les films à succès.

Si on pouvait gommer certaines choses d'un coup de baguette magique, la vie serait tellement plus simple. Mais nous devons vivre avec ces embûches. Ces erreurs que l'on peut faire. Tout ça, il faut vivre avec. Et quand le sac est trop lourd à porter, qu'on ne peut faire le vide de temps en temps, on peut craquer, et penser au pire. Pour certains c'est de la lâcheté. Je pense au contraire que pour juger quelqu'un il faut prendre en compte sa vie toute entière. Son éducation, la façon dont ses parents l'ont traité. Ses camarades. Et c'est tellement facile de juger.

Il termine donc sa journée en se plongeant, comme il le fait chaque jour, à fond dans son boulot. En tout cas du mieux qu'il peut.

18h15, la femme de l'agence l'attend devant un petit immeuble dans une résidence de standing.

-Vous allez voir, il n'est pas très grand, mais très agréable. Tout est refait à neuf, aucun travaux à prévoir. Et vous avez une place de parking attribuée au logement.

Effectivement, l'appartement comprend deux chambres pour un total de 65 m². Et très fonctionnel. Parfait pour quelqu'un comme lui.

Marc ne réfléchit pas. L'envie de partir est grande. Et l'appartement lui plaît.

-Je le prends.

-J'ai amené les papiers, je vous les laisse, et vous me les ramenez signés demain à l'agence ?

-Pas de soucis.

-A demain alors, bonne soirée Monsieur MARAITRE.

Marc se sent comme un gamin. La première fois qu'il va avoir son logement pour lui tout seul. Même si ce n'est pas un palace, ça va devenir son chez-lui. Et ça, ça n'a pas de prix.

Ils se serrent la main et Marc s'éloigne vers sa voiture. Satisfait de sa démarche tout en étant surpris de la facilité avec laquelle cela s'est passé. Si j'avais su ça, je l'aurais certainement fait plus tôt, pense-t-il. Mais l'aurais-je fait sans cette rencontre avec André. Pas sûr se dit-il. C'est même quasiment certain.

Il se sent totalement détaché de ce qu'il ressentait avant. Hâte de partir et de s'installer, seul, chez lui. Hâte de commencer sa nouvelle vie. Il arrive devant le pavillon.

Sa femme l'accueille.

Marc sent une nouvelle fois son cœur s'emballer. Il doit l'affronter, lui dire, avancer sur toutes ces décisions. Certes on est pas à un point où il se sent terrifier en sa présence. Mais tout de même. Comme le disait André, à force de fermer sa gueule, on en prend l'habitude.

-Bonjour, ça va mieux aujourd'hui ? Tu rentres tard !

-Oui ça va très bien, merci. Il prend une grande inspiration. J'ai visité un appartement aujourd'hui. Je ne serai pas très loin. Ce sera plus pratique pour les enfants.

-Tu as peut-être raison. Un break pourrait nous faire du bien pour voir où on en est.

Ne pas rentrer en conflit. Approuve l'idée du break se dit-il, tant que tu te retrouves seul, il n'y a aucune importance. Et une fois parti, ce sera plus simple.

-On a mangé, si tu as faim, il reste du rôti et de la purée.

-Merci.

Marc n'a pas trop faim, mais il mange un peu. Ça va peut-être dissiper ce mal de tête qu'il ressent d'un coup.

Son repas terminé, il va dans son bureau et appelle André.

-Bonsoir c'est Marc, je ne te dérange pas?

-Non pas du tout, alors?

-J'ai trouvé un logement, je dépose le dossier demain.

-C'est très bien, et à la maison?

-C'est calme, peut-être trop calme, je ne sais pas, on verra bien.

-Tu as pu discuter avec ta femme?

-Oui un peu, mais pas de grandes discussions. Elle parle de faire un break, je ne l'ai pas contredit.

-Il ne faut pas. Le tout c'est que tu partes pour te reconstruire.

-Je peux te poser une question?

-Oui bien sûr.

-Tu es qui exactement? Tu entres dans ma vie, tu sais tout de moi, tu m'aides, mais je ne sais absolument rien de toi.

-Et comment tu vois la chose?

-Je ne sais pas, une sorte de toubib?

-On peut dire ça. Tu seras mon dernier patient en quelque sorte.

-Je suis flatté.

-Au boulot, comment ça va?

-Comme d'habitude, ils se foutent de ma gueule, mais je m'en fous.

-Chaque chose en son temps, ne te fais pas de soucis pour ça.

-Oui tu as raison. A demain.

-A demain, bonne soirée.

Il reste un long moment à essayer d'imaginer ce que pourrait être sa vie. Plus personne ne m'emmerdera, c'est terminé. Quitte à changer, autant faire en sorte de ne plus être emmerdé par les autres, sinon je vois pas bien à quoi ça servirait penser Marc.

Certes, il ne quittera pas son boulot. Une bonne place, un bon salaire. Mais ses collègues allaient vite se rendre compte du nouveau Marc. Va falloir arrêter de me faire chier et de se foutre de ma gueule. Ça prendra le temps que ça prendra. Peu importe, mais il a envie que le monde entier voit et entende son changement. L'envie d'être respecté.

Un petit sourire se dessine sur ses lèvres.

Rien que le fait d'y penser, ça à l'air facile se dit-il . Il ne me reste plus qu'à le mettre en application. Aider par son nouvel ami André et soutenu par son collègue et ami Philippe, ce sera moins pénible. Il finit par s'endormir en rêvant de sa nouvelle vie future. Son nouveau « moi ».

Non loin de là, dans la même ville, le téléphone sonne.

-Allô.

-Salut Seb, c'est Babass.

-Salut, un problème?

-Ouais, un cadavre retrouvé en forêt, et c'est à côté de chez toi.

-Tu te fous de ma gueule ? Qu'est-ce que tu veux que j'aille foutre là-bas ?

-C'est un peu spécial et c'est toi le chef de service, va falloir que tu t'y colles, je suis chez toi dans 15 minutes.

-OK à tout à l'heure.

Sébastien BROUSS, la cinquantaine, un bon gaillard d'1,90 m pour 102 kg, aux allures de boxeur. Commandant de Police, et responsable de la sûreté urbaine de Melun, est un flic à l'ancienne.

De nombreuses années à Paris au sein de la BRB, l'ont aguerri aux enquêtes criminelles et aux arrestations en tous genres. Même si, maintenant, sa vie est un peu plus tranquille, il a gardé son sens aiguisé et professionnel dans son boulot. Il est arrivé à Melun il y a deux ans. Il souhaite finir sa carrière, en mettant un peu de côté les heures interminables au boulot. Pour ne pas dire des jours et des nuits lorsque l'enquête le décidait. Sans parler des risques. Mais il aimait ça. Les heures de planques, les filatures, la montée d'adrénaline au moment de serrer les individus plus ou moins dangereux selon l'affaire. Mais tout ça à un prix. La vie de famille. Alors, pour sa fin de carrière, et parce qu'il l'a promis à sa femme, il est venu ici. Finir avec des horaires normaux. Rentrer tous les soirs à l'heure n'est pas vraiment au menu d'un bon « flic » de terrain.

Son collègue, Bastien, dit Babass, brigadier-chef, 42 ans, divorcé depuis 7 ans, et, devenu célibataire aux conquêtes aussi changeantes qu'éphémères. Ancien de la BAC. Cette brigade en civil que tout le monde connaît. Où on apprend «le terrain» comme on dit. Les filatures, les planques, les dispositifs d'interpellations, lui avaient donné une assurance certaine dans cette profession et une reconnaissance de ses supérieurs. Tout comme Seb, il aime son boulot. Étant célibataire, il ne compte pas ses heures, et se rend disponible à chaque fois que la situation l'exige.

Arrivé dans la rue de son chef, il klaxonne deux fois.

Séb sort et monte dans la voiture.

-Tu as des infos?

-On a du monde sur place, c'est un promeneur qui a trouvé le corps pendu à une branche.

-tu pouvais pas me dire que c'est un suicide? Qu'est-ce que tu veux qu'on aille foutre là-bas? Merde Babass tu te fous de moi là. Y a les collègues de permanence qui peuvent faire le taf!

-Hé oh, t'as tes nerfs ou quoi? Si on y va c'est qu'il y a autre chose.

-Quoi.

-Un mot accroché sur l'arbre qui laisse un gros doute. C'est peut-être pas un suicide.

-OK, mais je te préviens, si c'est que dalle, il est pour toi. Je vais pas me torcher une enquête sur un suicide à la con.

-C'est toi le boss.

-Arrête avec tes conneries.

Séb a passé toute sa carrière dans la police judiciaire, où, les grades n'ont pas vraiment leur intérêt, seul un bon esprit d'équipe peut faire aboutir les enquêtes. Et il n'a jamais eu besoin de son grade pour être respecté. A Melun, il se fait souvent charrier. Dans les commissariats, le grade à son importance. Alors toute son équipe l'appelle «le boss». Marque affectueuse pour un groupe en qui il a entièrement confiance. Séb est un chef très apprécié. Autant pour son flair de flic que pour ses coups de gueule légendaires. Disons qu'il à une voix et un franc parler qui vont tout à fait avec son allure de boxeur baroudeur.

Bastien s'engage dans le petit chemin de terre qui sillonne la forêt de Rougeau. Puis se gare près des autres véhicules de police ainsi que du Samu.

-C'est loin? Demande Seb.

-Non, pas très.

Ils s'engagent, à pied dans les sous-bois.

-Tu aurais pu me prévenir qu'on allait patauger dans la merde, j'aurais mis autre chose que ces chaussures.

-Et tu n'aurais pas eu l'occasion de gueuler? Ha non alors.

-Fous-toi de ma gueule.

-J'oserais pas chef.

-Ta gueule.

Ils arrivent à l'endroit ou d'autres policiers en tenue les attendent. Un corps est suspendu au bout d'une corde à un gros chêne.

-Salut les gars.

-Bonsoir commandant. On n'a rien touché, on vous a appelé à cause du mot accroché à l'arbre.

On a relevé l'identité du promeneur qui l'a trouvé, il est là.

-Bonsoir Monsieur, je vais vous demander de venir dès ce soir au commissariat pour être entendu.

-Ça ne peut pas attendre demain?

-Non, je suis désolé, mais pour ce genre d'affaire, je ne veux pas laisser traîner les choses.

-Bon OK, j'appelle ma femme, et je vous suis.

-Mes collègues vont vous conduire, j'espère que vous comprenez le caractère important de l'affaire, sans vous soupçonner, je ne peux pas vous libérer sans une audition.

-Non non pas de problème.

Dès que cela est possible, mes collègues vous emmènent.

Une lettre d'un papier de style parchemin avec une très belle écriture calligraphiée est accrochée par deux punaises à l'arbre:

Une vie de tourments n'aura eu de cesse
De me harceler et provoquer mon stress
Cette abjecte personne et son mental retord
Côtoie la mort en guise de remords.

Seb tend la main au docteur du SAMU.

-Bonsoir docteur, commandant BROUSS, vous avez eu le temps d'observer le corps ?

-Juste assez pour vérifier sa mort, je vous attendais avant de poursuivre.

-Je vous en prie, allez-y.

Les policiers en tenue l'aident à décrocher le corps afin de le mettre sur le brancard.

Après un examen, le docteur se tourne vers Seb :

-Il va falloir une autopsie pour pouvoir vraiment établir les causes de la mort, mais je peux déjà vous dire qu'il a été étranglé avant d'être pendu. Certainement avec une corde, vous voyez les traces là?

-Et merde. Bon Babass, tu fais appeler les pompes funèbres, le corps part à Melun pour l'autopsie. Fais venir l'IJ (identité judiciaire), il va nous falloir des photos et des recherches d'empreintes. Même si je doute qu'ils en trouvent. On va ratisser un peu la zone, voir s'il n'y a pas d'autres indices.

-Ce n'est pas tout commandant.

-Quoi?

-Il lui manque sa langue, elle lui a été littéralement arrachée.

-Merde.

Il se tourne vers ses collègues et, même s'il doute qu'on puisse la retrouver, leur demande de fouiller tout autour.

-Vous ramassez tout ce qui traîne sur un rayon de 10 mètres. Le moindre détritus à terre, ça part pour le labo.

Avec une paire de gants chirurgicaux, il prend le poème accroché à l'arbre, le met dans un sac en plastique transparent, et se met à fouiller le corps à la recherche d'éventuels papiers qu'il pourrait avoir sur lui. Rien. Ses poches sont vides. Aucun papier d'identité.

Le service de l'identité judiciaire ne tarde pas à arriver sur les lieux.

-Salut Seb, salut Babass.

-Salut les gars, prenez un max de photos et toutes les recherches habituelles.

-Pas de soucis, il te les faut pour hier je suppose.

-Tu supposes.

Après une heure de recherche autour de l'arbre, aidé d'une lampe torche, ils arrêtent les recherches.

-Seb, les pompes funèbres sont là, ils peuvent emmener le corps?

-Oui, on va y aller nous aussi.

-Pas d'empreintes?

-Tu sais sur un arbre…

S'adressant aux autres policiers:

-Les gars, qu'une voiture ramène le témoin au service et vous dites au collègue de permanence de l'entendre. Pour l'autre patrouille, vous faites le tour des parkings donnant accès à la forêt, j'aimerais avoir le relevé des plaques d'immatriculation des véhicules restés stationnés. On ne sait jamais.

-Pas de soucis commandant, vous aurez notre PV dès qu'on rentre.

-Merci les gars, allez bon courage.

Ils remontent en voiture en direction du central.

Babass s'adresse à Seb:

-T'en penses quoi?

-J'en sais rien, mais on va avoir du boulot pour les jours à venir.

-Ouais, si on ne trouve pas sa voiture ou une disparition signalée, il va falloir attendre les résultats de l'autopsie avec son examen dentaire. Je doute que ce mec soit connu de nos services et qu'on ait une identité avec les paluches.

-Ouais, mais on ne va rien négliger.

-Demain matin, je m'occuperai de l'enquête de voisinage. Les premières habitations ne sont pas toutes proches, mais on ne sait jamais.

-Dès qu'on a toutes les plaques d'immat, fais les identifier et assure-toi d'avoir chaque proprio au téléphone.

-OK

Un message radio demande leur présence sur un des parkings.

-Je crois qu'on ne va pas tarder à connaître son nom.

-J'espère.

Ils font demi-tour.

Quelques instants après, ils se trouvent en présence d'un véhicule Renault Scénic blanc, stationné sur un des parkings en bordure de forêt. Un petit morceau de parchemin est glissé sous le balai d'essuie-glace.

D'une branche, comme un oiseau
Mon col enserre ma vie de salaud

Soit on a affaire à un grand malade et ça risque de ne pas s'arrêter là, soit c'est une vengeance bien orchestrée. Mais alors si c'est ça, il devait vachement lui en vouloir pour lui arracher la langue. On a affaire à un poète sadique. Ça manquait à mon palmarès cette merde.

-L'IJ arrive commandant.

-OK, personne ne touche à la bagnole tant qu'ils n'ont pas retrouvé la moindre empreinte dessus. Vous la ferez remorquer au garage de permanence après. On l'a cette plaque ?

-Oui le véhicule appartient à Madame TOURNIER Delphine, au 5 rue de la tour à Savigny le temple.

-Bon on y va.

Grâce au GPS, outil indispensable au bon flic moderne, ils prennent la bonne direction.

C'est toujours un moment difficile, annoncer la mort d'une personne. Dans ces cas-là, ça l'est encore plus. On n'est pas sûr de l'identité du corps retrouvé. Si ce n'est pas le cas, on affole une famille pour rien. Mais l'enquête impose ce genre d'annonce. Pas le choix.

Ce métier est passionnant de par sa diversité qu'il offre, mais il a son lot d'emmerdes, comme tous les métiers. Être le messager de mauvais augure n'est pas chose simple. Mais il faut le faire. Trouver les bons mots. Est-ce qu'il y a de bons mots pour ça? Pas sûr.

A travers les fenêtres du N°5, on peut apercevoir de la lumière. Il y a du monde.
Seb et Babass garent la voiture devant la maison et s'apprêtent à aller sonner quand la porte s'ouvre.
Une silhouette de femme se dessine sur le perron.
-Bonsoir Madame, c'est la police, commandant BROUSS.
-Bonsoir, excusez-moi, je pensais que c'était mon mari qui rentrait. Il s'est passé quelque chose?
-Vous possédez bien un véhicule Scénic blanc immatriculé AC-253-BN?
-Oui, c'est mon mari qui l'a pris. Il a eu un accident c'est ça?
-On devrait rentrer Madame.

La panique commence à monter en elle. Elle s'écarte pour les laisser entrer. Elle sent de suite, au ton de sa voix, que quelque chose de sérieux est arrivé à son mari. Seb lui explique, sans rentrer dans les détails, la découverte du corps en lui donnant sa description physique et vestimentaire.

Sa réaction ne laisse aucun doute. Il s'agit bien de son mari, Luc TOURNIER, 41 ans.

Delphine, en larme, reste prostrée devant eux sans pouvoir dire quoi que ce soit. Seb la laisse quelques minutes avant de s'adresser de nouveau à elle:

-Il faudra venir l'identifier Madame, je suis désolé, mais c'est la procédure. Vous voulez vous faire assister d'un de vos proches?

-J'ai ma sœur qui n'est pas loin, je l'appelle.

-On peut vous y conduire. On vous attend, prenez votre temps.

Seb et Babass se regardent, ils n'ont pas besoin de se parler pour comprendre la gêne d'un tel moment. Il n'y a rien à dire. Accepter la douleur des gens. Parfois la colère. On se blinde par la force des choses et on se construit une carapace au fil des années.

Armure indispensable pour continuer. Pour supporter toutes ces saloperies que la vie vous réserve.

Son lot de malheurs, de pleurs et d'incompréhensions. On demande souvent beaucoup à des policiers démunis. Aucune formation, si poussée soit-elle ne pourra préparer quelqu'un à affronter ce genre de situation. Surtout à ce stade de l'enquête. On ne sait rien, mais ils veulent savoir. Alors de temps en temps, on s'en prend à eux. Les gens ont besoin, dans certains cas, de se défouler sur quelqu'un. Et dans ces cas-là, la première personne à se trouver face à eux, c'est la police. On les laisse faire par gêne. On les laisse faire par humanité. On les laisse faire parce que désarmé face au chagrin de la perte d'un être cher. Mieux vaut se concentrer sur l'enquête et la faire avancer le plus vite possible. C'est ce que les victimes attendent. C'est tout ce qu'ils veulent d'un flic dans ces moments-là. Qu'il fasse son boulot. Tout simplement. Afin que la justice rende son verdict et atténue un peu le chagrin.

En chemin, ils font le point avec l'IJ. Des petites traces de sang ont été trouvées dans le coffre du Scénic. Le corps y a été probablement entreposé. Il faut encore attendre les résultats des analyses, mais ils en sont quasi certain.

Il est 23h15 lorsqu'ils arrivent aux pompes funèbres. Dans la douleur, Delphine TOURNIER identifie son mari.

-Il était tellement gentil vous savez, tout le monde l'aimait. Je ne comprends pas.

-Il n'avait aucun ennemi? Quelqu'un avec qui il se serait disputé?

-Non absolument pas.

L'enquête va pouvoir démarrer se dit Seb. Le plus dur reste à faire, mais au moins, ça nous donne une bonne direction à suivre. Sa famille, ses amis, ses collègues de boulot. Toutes ces personnes à auditionner et à en retirer le moindre détail. Le moindre indice susceptible de donner une direction à prendre. Ça pouvait déboucher très vite comme durer pas mal de temps. Pour certaines enquêtes de ce genre, ça peut prendre des années. Et parfois même, sans résultats au final. Laissant un goût amer pour les enquêteurs et un grand vide psychique pour les familles, qui, en l'absence de coupable ont beaucoup de mal à faire leur deuil.

Ils sont sur le point de partir, pas mécontent de quitter cette ambiance glaciale où les mots ne servent à rien. Seul le silence et les pleurs agrémentent l'endroit. Personne ne peut se sentir à l'aise. Même avec des années d'expérience derrière soi, on ne peut s'y habituer. Seule cette carapace peut nous aider à avancer et continuer notre satané boulot.

-Votre mari travaillait où Madame?

-Chez «TEX NEWS», une boite d'import export, il est au service marketing. Dans la zone industrielle de Sénart.

-Merci Madame. Je vous attends demain matin comme convenu.

-Je viendrai dès que les enfants seront à l'école. Ma sœur sera avec moi. Merci beaucoup commandant, j'espère que vous allez tout faire pour le retrouver.

-Je vous le promets.

Promettre ça ne coûte rien. Mais le tempérament acharné de Seb fera en sorte de respecter ses paroles. En tout cas, de tout faire pour les respecter.

Ils se quittent sans un mot.

Babass dépose son chef chez lui.

-A quelle heure demain?

-Passe me prendre vers 08h00 au service. On ira ensemble à la boite interroger les employés et le patron. Donne les immats des bagnoles qui étaient sur le parking au reste de l'équipe, on gagnera un peu de temps. Qu'ils sortent tout ce qu'il y a à sortir. Je veux absolument tout sur chaque proprio.

-OK, Ciao bonne nuit.

-Ciao.

La femme de Seb, Corine, était habituée à ce que son mari n'ait pas d'horaire, mais elle s'est aussi habituée à la tranquillité nouvelle depuis qu'ils avaient aménagés ici. Une affaire comme celle-là ne va pas la rassurer.

Ça la ramène quelques années en arrière. Elle l'attend :

-Tu veux m'en parler?

-Nouvelle affaire, mais ça risque d'être long. Pour l'instant on a un meurtre sur le dos, mais quelque chose me dit que ce n'est pas fini.

-Un tueur en série?

-J'espère que non, je vais devoir bosser un peu plus. Je suis désolé.

-Je sais, tu penses que je devrais annuler nos vacances de Noël?

-Non, ça va me foutre la poisse. Et puis ça me laisse un peu de temps quand même.

-Ça fait tellement longtemps.

-Je sais ma chérie, je vais faire le maximum. Fais-moi confiance.

Maintenant que les enfants ont quitté le nid familial, Corine espère un peu plus pour son couple. Après toutes ces années à s'occuper de leurs trois enfants, les années passées à Paris à la BRB, où, elle ne le voyait que très rarement. Ils étaient venus s'installer ici pour se retrouver un peu. Avoir une vie plus normale. Plus calme. Il lui reste un an avant sa retraite. Même si au fond d'elle, elle connaît mieux que quiconque Séb et son dévouement pour son boulot. Elle veut juste ne plus s'inquiéter à chaque fois qu'il part. Ne plus s'inquiéter quand l'heure du retour est dépassée et qu'elle n'a pas de nouvelles. Ne plus s'inquiéter tout court. Et pouvoir un peu profiter de son mari.

Chez Marc, ce n'est pas vraiment la même ambiance, sa femme l'a harcelé toute la soirée, jurant que s'il part, le divorce allait être une véritable guerre, qu'il perdrait forcément.

Lorsqu'on se sépare, on mesure la force des sentiments. On peut aimer à la folie une personne et la détester quelques années plus tard. C'est toujours des sentiments. Des sentiments extrêmes qui vous poussent parfois au pire. On se fait du mal à soi-même mais tant pis, on fonce quand même. C'est idiot. Mais c'est la nature humaine. S'aimer ou se déchirer. On passe du «je t'aime mon amour» au «pauvre merde» en un rien de temps. On devrait faire des contrats de mariage à durée déterminée. Renouvelable ou pas. Mais où seraient les sentiments me direz-vous. Triste choix au final. Quoi qu'en en dise, les sentiments font autant de bien que de mal. Mais nous les recherchons tous. Ça aussi c'est humain.

«Tu n'as pas fini de payer, ça je te le dis. Et puis, tu crois que tu vas retrouver quelqu'un? Tu t'es regardé? Ha Ha mais mon pauvre Marc, personne ne voudra de toi. Nathalie ne peut s'empêcher de le rabaisser. Elle a eu trop l'habitude d'avoir le dessus. Qu'il ne dise jamais rien. Alors elle s'est habituée à cet état de fait. Et cette séparation annoncée ne va rien arranger.

Marc ne réagit pas. Gardant comme à son habitude sa colère pour lui. Ça ne sert à rien. En tout cas, pas maintenant. Il faut que je change. Il faut que ça change. Mais tu ne me parleras pas toujours comme ça. Une fois ma «transformation» achevée, tu vas vite voir la différence ma belle.

Nathalie finit par aller se coucher. Laissant son mari à son ordinateur dans son bureau. Bureau qui est devenu pratiquement sa seule pièce de la maison. Il y passait beaucoup de temps avant, mais là il a comme l'impression d'y être reclus. Jusqu'à maintenant en tout cas.

Philippe, chez lui est devant son ordinateur. Plus attiré par les hommes que par les femmes, il a toujours été amoureux de Marc. Sa timidité lui a toujours empêché d'avouer ses sentiments. Alors il l'aime à sa façon, et tente de le connaître. De se rapprocher de lui par les moyens qu'il a à sa disposition. Ses connaissances en informatique l'ont poussé à pirater l'ordinateur de Marc. Il est en train de lire ses poèmes. Il ne s'en lasse pas. Cela lui donne l'impression d'être avec lui. De partager cette passion avec celui qu'il aime. A distance. Sans le déranger. Comment avouer ses sentiments quand on ne veut pas avouer soi-même son homosexualité. Les temps changent bien sûr. Mais quand on a reçu une éducation stricte d'un père trop sévère et austère et une mère soumise, c'est loin d'être évident de le vivre pleinement au grand jour. Ça restera un drame pour beaucoup de personnes. Et Philippe en fait parti. Pour le moment, il fait ce qu'il peut. Pour vivre une passion inavouable. Un amour impossible. Un secret qu'il doit garder pour lui. En tout cas, c'est ce que lui pense. C'est ce qu'il ressent. Un mélange de profonds sentiments et de frustrations. Frustration dont il a appris à vivre avec. Frustration qui fait partie intégrante de lui. Frustration qui finira peut-être par se libérer. Ou bien l'enfermer à jamais dans un carcan qui le rend prisonnier d'une vie qu'il n'aura jamais.

Une vie dont il rêve chaque nuit.

Une vie d'un profond mal-être.

Il rêve de se laisser aller. De ne plus être rongé par tous ces interdits qu'il se met en permanence. La peur du qu'en-dira-t-on. La peur du jugement des autres.

Alors tout ça le pousse, à commettre des délits au regard de la loi. Pirater un ordinateur est punissable, et, d'une façon morale assez moyen.. Mais pour le moment il n'a pas le choix. Il ne se donne pas le choix. La seule manière qu'il a trouvé pour assouvir quelques désirs inavoués.

Une vie virtuelle qui lui permet de vivre ses sentiments au travers d'un écran interposé. De vivre ses désirs sans déranger. De vivre sa passion sans avoir à s'expliquer. A sa famille, ses amis. Et surtout à celui qu'il aime. Mais vivre tout de même. Sans question. Sans retour non plus. Un jour peut-être, trouvera-t-il le courage. Juste assez pour lui dire ce qu'il ressent. Mais pour le moment, cela reste son jardin secret. Juste à lui.

Chapitre 3
Mardi 14 novembre

En arrivant à la boite, Marc passe comme d'habitude à la salle de repos. L'ambiance n'est pas la même.

On le regarde même autrement. Presque suspicieux. Discrètement, il se regarde, peut-être ai-je mis mon pull à l'envers? Mais non. La tension dans l'air en est presque palpable. Lourde.

Philippe s'approche de lui.

-On vient d'apprendre la mort de Luc.

Marc le regarde, interloqué.

-De quoi ?

-On ne sait pas encore, la police est là. Je pense qu'Ils vont tous nous voir. Ça à l'air de t'affecter, tu ne l'aimais pas non ?

-Peut-être, mais pas au point de vouloir sa mort quand même.

-T'as l'air vraiment fatigué.

-Ce n'est pas la joie à la maison en ce moment. Ma séparation ne se passe pas très bien. Ma femme me faisait chier avant, mais là, je crois que ça va être un enfer. Et puis j'ai un mal de tête depuis quelques jours qui me fatigue vraiment.

-Viens à la maison ce soir, boire un verre.

-Pourquoi pas, je te remercie. Au moins, je ne serai pas à la maison à l'entendre. Ça me changera un peu.

Philippe est heureux. Il ne le montre pas comme à son habitude, mais il est heureux. C'est la première fois qu'il ose l'inviter à venir chez lui et qu'il accepte. Mais ça ne veut rien dire. Il le sait bien, mais au moins il sera avec moi le temps d'une soirée. Se contenter de peu. Et profiter de tous ces petits moments se dit-il.

Ils montent dans leur bureau et se mettent au travail. Ils regardent tous du coin de l'œil les policiers passer d'un bureau à l'autre. La curiosité pousse chacun à essayer d'en savoir plus. Les textos à ceux qui viennent d'être entendus. « Alors il se passe quoi ? Ils t'ont demandé quoi ? » tout le monde veut savoir. « Oui c'est un meurtre ». « Merde un meurtre ? ». Chacun y va de son commentaire. De son avis sur la question. On s'interroge. On se façonne une idée. Pour pouvoir en parler après. Pour pouvoir raconter. Raconter ce qu'on sait et surtout ce qu'on ne sait pas.

Marc n'est pas tranquille, il a bien senti les regards de ses collègues quand il est arrivé ce matin. La crainte d'être désigné naturellement le ronge. Triste habitude d'une vie qu'il connaît trop.

Il est 10h00 lorsque Seb et Babass entrent dans le bureau de Marc.

Les présentations rapides d'usage et les quelques questions habituelles. Savoir s'il n'avait rien remarqué d'anormal ces derniers temps. S'il y avait des personnes qui avaient des raisons de lui en vouloir au point de le tuer. Oui monsieur, c'est un meurtre.

Marc s'arrête net, les regarde et leur dit :

-Les autres vous ont dit que c'est moi ?

Surpris par cette question directe, Seb le regarde sans rien dire, ménageant un moment de silence afin d'observer sa réaction.

-Vous savez, il se moquait souvent de moi, alors peut-être que les autres ont pu penser… enfin vous savez…

-Et c'est vous ?

-Non non pas du tout, pourquoi je l'aurais tué. On ne tue pas les gens parce qu'ils rigolent dans votre dos non ?

-Je ne sais pas.

-Je vous jure que je n'ai rien fait. Vous n'allez quand même pas penser…

-Je ne pense pas Monsieur MARAITRE, je vous écoute.

Seb ne le quitte pas des yeux. Il le regarde commencer à transpirer. Il sait que ça ne veut rien dire à ce stade, mais il aime ça. Mettre à mal les personnes interrogées afin de mieux cerner leurs points faibles. De mieux les connaître psychiquement. Les laisser s'embourber et en démasquer plus facilement les coupables. Oh ça ne marchait pas à chaque fois, mais il avait eu quelques bonnes surprises au cours de sa carrière.

-Vous le connaissiez en dehors du boulot ?

-non.

-Ça ne vous énervait pas qu'il se moque de vous sans arrêt ?

-Bien sûr que si, mais qu'est-ce que je pouvais y faire ?

-Vous je ne sais pas, mais moi je n'ai pas souvenir d'un mec qui s'est foutu de ma gueule ouvertement.

-Je ne suis pas vous. Si vous connaissiez ma vie inspecteur.

-Commandant, pas inspecteur, mais votre vie m'intéresse mon cher Monsieur. Je suis même là pour ça.

-Vous allez m'arrêter ?

Les larmes lui montent aux yeux. Seb s'en aperçoit.

-Non, je fais juste mon boulot. Il se peut qu'on se revoie quand même. Mais ne vous inquiétez pas, vous ne serez pas le seul. Vous comprenez, l'enquête. Je peux avoir votre adresse ? Et un numéro de téléphone ?

-Oui bien sûr, mais heu… je vais bientôt déménager, vous comprenez, je suis en pleine séparation en ce moment.

-Je comprends, c'est prévu pour quand ?

-Si tout va bien, à la fin du mois.

Il note ses deux adresses, son numéro de téléphone et lui tend sa carte.

-Si vous avez des informations sur l'affaire, un détail, appelez-moi.

Marc regarde la carte se demandant ce qu'il pourrait bien apporter de plus à l'enquête. Je ne suis pas flic moi, merde.

Pourquoi ce serait à moi de faire leur boulot. Dès qu'il y a un os quelque part c'est sur moi que ça tombe. Il est mort, je m'en fous complètement de ce con.

J'aurais jamais voulu sa mort, mais je m'en fous. Merde. Déjà que tout le monde doit penser que c'est moi, je vais pas non plus faire le boulot de la police.

Vous avez déjà remarqué comme c'est facile de répondre à quelqu'un mentalement. On dit souvent le contraire de ce que l'on pense. Ce n'est pas toujours évident. Que ce soit la police, son patron… Dire ce que l'on pense pourrait, à coup sûr, nous apporter des ennuis. Par contre, mentalement, on est le plus fort. Chacun, dans sa vie de tous les jours, on a insulté, envoyer chier, ou juste dit non mentalement. Une petite vieille qui vous passe devant à la caisse du super marché, alors que l'on fait la queue depuis un petit moment. On a juste envie de lui dire « mais putain qu'est-ce tu viens me faire chier la vieille, fais la queue comme tout le monde ». Mais non. La plupart du temps, nous sommes bien élevés et on dit rien. Au contraire, on s'entend dire « je vous en prie ». Eh ben là, même chose. Il ne peut lui dire tout ça en face. Très peu le ferait. Et encore moins Marc.

Seb et Babass vont interroger Philippe. Il confirme ce que tout le monde leur a dit à demi-mot. Marc était en quelque sorte son souffre douleur de la boite. Luc, le plus arrogant avec lui. Personne ne l'a accusé directement. C'est plus dans le style « il reste bizarre, toujours tout seul, ne parle à personne, mais bon de là à tuer ». Philippe leur affirme quand même que Marc ne peut être le tueur. Il est amoureux, il va quand même pas le faire accuser. Il le défend comme il peut.

Pas de conclusion hâtive, pense Seb. Mais malgré tout, il va le garder à l'œil. Il s'adresse à son collègue :

-On va le laisser un peu, continuer à fouiner et interroger l'entourage proche et on le convoquera officiellement. Pour l'instant c'est un candidat idéal, c'est même le seul au niveau de la boite. Mais de là à l'inculper...Il a plus la tête d'une victime que d'un agresseur. Cette phrase qu'il prononce souvent en fonction des gens fait sourire Babass à chaque fois.

-Il a presque pleuré pendant que je l'interrogeais. Soit il fait du cinéma, soit il est complètement introverti et ne peut être notre gugus. A suivre. T'as pris toutes les identités ?

-Ouais ouais, je ferai les recherches dès qu'on rentre.

-Aucune info à la presse pour l'instant, même si les journalistes vont faire la une de leur canard, on ne leur laisse rien. Ni sur la langue qui manque, ni sur les mots retrouvés. Que dalle, s'ils veulent des infos, ils se démerdent comme ils veulent, mais je ne veux pas que ce soit pas nous.

Ils retournent au domicile de Madame TOURNIER, et après lui avoir expliqué quelques détails, emmènent l'ordinateur de la victime.

Il ne faut jamais rien négliger. Les mails sont souvent riches en explications dans ce genre d'affaire.

Sans oublier les comptes Facebook et autres réseaux sociaux, où, maintenant, on s'affiche sans gêne au monde entier.

Seb ne comprend pas qu'on puisse étaler sa vie sans aucune pudeur aux yeux de tous. Tous ces réseaux qui inondent la toile du nct... Je dois vraiment être vieux c'est plus de mon temps. Et puis merde, je vais quand même pas m'excuser de ne pas vouloir montrer à tout le monde ce que je bouffe au resto. Monde de dégénérés. Rien qu'à cette pensée, il s'énerve tout seul intérieurement. Faut se mettre à la page qu'y disent. Ben merde, moi je reste à la mienne de page. Et ça me va très bien.

Bref, ce qu'on peut trouver sur l'ordinateur d'une victime est essentielle pour l'enquête, sa façon de vivre n'est pas forcément connue de sa femme. Une maîtresse, un mari jaloux. Quels sites il a consulté. Si on sait chercher, tout y est archivé. Tout doit être exploité sans rien laisser au hasard.

-Tu files l'ordi à Max, qu'il fasse fissa.

Max, un de leur collègue qui s'occupe essentiellement du réseau informatique du commissariat. C'est un crack dans son domaine. S'il y a quoi que ce soit de cacher dans son ordi, il le trouvera.

En chemin, il appelle le service de l'IJ. Aucune empreinte n'a été retrouvée. Ni sur les lieux, ni sur les mots. Il faut attendre encore un peu pour avoir les résultats d'ADN retrouvés sur le cadavre.

Seb, comme à son habitude, les engueule, leur met la pression pour accélérer les choses.

-On ne peut rien faire Seb. Les analyses ont été envoyées à Lyon. Comme c'est une affaire criminelle, ils vont accélérer les choses. Dès que j'ai du nouveau je t'appelle.

-Assure-toi quand même qu'ils en fassent une priorité. Je veux tous les résultats au plus vite. Dis-leur que si la presse ou les politiques me casse les couilles avec ça je leur mets tout sur le dos. Tu vas voir qu'ils vont se bouger.

Il sait, de par son expérience, que de mettre tout le monde sous pression, entretenait l'adrénaline suffisante à garder l'esprit en permanence sur l'affaire en cours. Et puis, au service, on aime bien ses coups de gueule. Ça fait presque parti du job. Tout le monde serait déçu s'il changeait à ce niveau. Seb ? Il gueule tout le temps, ronchonne, mais il a un côté attachant. Très bon camarade, un esprit d'équipe forgé au fil des années que tout le monde aime par-dessus tout. Alors ces coups de gueule, ben c'est juste lui. Ça colle avec le personnage. C'est marrant comme on peut détester certaines personnes qui vont s'énerver, juste parce que ça ne colle pas avec le personnage. N'est pas « gueulard » qui veut.

18h30, Marc arrive chez Philippe.

Philippe y a pensé toute la journée. Il a eu le temps de rentrer chez lui, prendre une douche. Se faire beau. Comme un ado à son premier rendez-vous. Mais avec l'incertitude du résultat. Il ne se sent pas prêt à assumer ses sentiments. Mais comme je l'ai déjà dit, se contenter de peu. Et profiter.

-Alors cette journée ?

-Normale. A part cette ambiance de suspicion. Même si je suis habitué à ce que personne ne me parle, c'est pesant. Je ne sais pas si je vais pouvoir supporter tout ça.

-C'est vrai que ce n'est pas drôle. Mais ça passera, ne t'inquiète pas. Et puis je suis là. Je ferai tout pour t'aider, crois-moi.

-Oh, je ne m'inquiète pas. J'ai juste peur d'être leur suspect numéro un. Que tout le monde m'accuse.

-Et pourquoi toi ?

-Ils savent qu'ils m'emmerdaient tous les jours. C'est des flics. Même moi je me soupçonnerais.

-Mais ce n'est pas toi.

-Je te remercie de ton soutien et ta confiance.

-Tu sais, quelque part, celui qui a fait ça t'as rendu service quand même. Il ne te fera plus chier. Et les autres ne faisaient que le suivre. Ils vont y réfléchir à 2 fois maintenant.

-Peut-être, mais on ne tue pas pour ça.

Philippe reste quelques secondes silencieux avant de reprendre.

-Oui tu as raison. Et ce n'est pas toi, donc s'ils font leur boulot correctement tu seras vite disculpé, t'inquiète pas. J'ai mis une bouteille de champagne au frais. Ça te dit ?

-T'as quelque chose à fêter ?

-On ne peut plus boire avec un copain ?

Avec un sourire amusé, Marc accepte.

C'est vrai que je n'ai pas beaucoup d'amis. En fait je n'en ai pas se dit-il. Tous mes amis sont ceux de Nathalie. Le con parfait. Mais quand on a été soumis toute sa vie, aller vers les autres est un vrai chemin de croix. Voire impossible. Surtout pour lui. L'impression d'avoir endossé un costume « de con » dès la naissance, et que ce dernier colle tellement à la peau qu'on ne peut le retirer. Il fait partie de lui. Intégralement.

La soirée s'entame doucement. Parlant de tout et de rien. Marc et Philippe entretiennent une amitié simple et sincère. Enfin, c'est la pensée de Marc. Philippe, de son côté ne peut s'empêcher d'imaginer le prendre dans ses bras. L'embrasser. Le caresser. Mais pour lui, cela reste du domaine du fantasme.

La dernière goutte de champagne bue, est comme la sonnerie de fin de partie. Marc se lève.

-Allez, je vais rentrer. Je te remercie pour la bouteille, ça m'a fait du bien.

-Attends, je ne serais pas un ami sinon. Tu veux manger un morceau avant de rentrer ? Tu sais que tu peux rester dormir ici vu l'ambiance chez toi.

-C'est gentil, une autre fois peut-être.

J'aurai essayé se dit Philippe. Tout heureux de l'avoir reçu chez lui. En tête à tête. Un premier pas. Et pour lui c'est un pas de géant. Avancer doucement c'est avancer quand même.

Marc rentre chez lui, l'esprit un peu embrumé par l'alcool. Mais qu'importe, lui qui a fait attention toute sa vie. Pardon, sa vie dont sa femme a fait attention. Il sourit à cette pensée.

Quand on dirige sa vie soudainement, sans GPS humain pour dicter sa route, c'est comme chevaucher à cheval une plaine déserte. C'est grisant, on se sent le maître du monde. Mais à tout moment la chute peut arriver. Il le sait. Il le craint même un peu à vrai dire.

Du monde, peut-être pas, mais de ma vie, sûrement. Lui qui ne boit pratiquement jamais d'alcool, apprécie et savoure ce petit état d'ébriété. Son mal de tête va sûrement revenir en force, mais qu'importe. Il savoure ce moment de « liberté » qui lui est sien. Il se sent un peu plus fort. Un peu plus confiant.

Une fois son ami parti, Philippe se retrouve dans son bureau. Il pianote sur son ordinateur et, se refait la soirée au travers des minis caméras installées un peu partout chez lui.

Pas très réglementaire ? Non pas très. Mais c'est Philippe. Et il n'a que ça.

Il l'avait là, chez lui. A quelques mètres de sa chambre. Comment lui avouer ses sentiments. Il a peur de lui parler. Et en même temps, il aimerait tellement. Il ne peut s'empêcher de vivre sa passion au travers de nombreuses photos qu'il a de lui. Et maintenant cette petite vidéo qu'il pourra se repasser autant de fois qu'il le désire.

C'est immoral, il le sait. Mais il ne peut se résigner à avouer et d'une, son homosexualité, et de deux son amour pour lui. Il a été marié 10 ans, pas d'enfant. Un mariage plus pour « paraître » normal aux yeux de tous. Mais il n'était pas heureux. Très loin d'être heureux. Et n'a jamais vécu sa sexualité librement. Pour lui, cela reste du domaine de l'impossible. On ne peut avouer ces choses là. Combien de fois il a entendu son père parler de la sorte. Homophobe en puissance, il critiquait cette « façon de vivre ». « C'est une honte, c'est des malades ces gens-là ». Alors quand on a entendu ça toute sa vie, que peut-on faire de plus à part vivre ses sentiments par « délits » interposés. Tout comme Marc, il subit des années de conditionnement. Des années à lui marteler quelle est la « bonne » façon de vivre. Tout comme Marc, il se sent prit au piège d'avoir été soumis et dirigé dans sa vie. Alors il en est là, lui aussi, à devoir essayer de se reconstruire pas à pas. La direction n'est pas la même et pourtant le chemin ressemble au sien.

Il est donc là, devant sa vidéo. Se disant qu'il ferait tout pour que son ami soit bien. Qu'il ne soit pas inquiété par la police, et surtout faire en sorte qu'on ne l'emmerde plus.

Arrivé chez lui, Marc, après avoir dit bonjour aux enfants, va s'enfermer dans son bureau. Un bonjour qui obtient plus en réponse un hochement de tête ainsi qu'un murmure « jour... » qu'autre chose.

Il appelle André.

-Bonsoir.

-Salut Marc, comment vas-tu aujourd'hui ?

-Tu es au courant du meurtre ?

-Oui et tu sais que finalement ton arbre à eu son candidat.

-Quoi mon arbre ?

-Le type, mort. Il était accroché à ton arbre. Tu sais, celui où on s'est rencontré.

-Non, c'est pas possible !! C'est une coïncidence hein ? Ils vont m'arrêter maintenant, c'est sûr.

-Arrête un peu de pleurnicher. Tu leur as parlé de nous ? De notre rencontre là-bas ?

-Non, tu crois que je devrais ?

-Ce n'est pas tellement important. Pourquoi tu leur dirais. Et s'ils le découvrent, ça ne prouve rien. On ne fait que parler. On ne fait rien de mal.

-OK. Mais ça me fait peur.

-Peur de quoi ? Ils vont certainement t'interroger. Réponds à leurs questions avec franchise. Ne va pas stresser pour une chose que tu n'as pas commise. Laisse-les faire leur travail mais ne complique pas tout en stressant. Ils vont le sentir et ce ne sera pas bon. Plus tu vas stresser devant eux, plus tu vas leur donner de quoi t'inquiéter. Alors reste calme. Surtout avec eux.

-C'est facile à dire. Je ne suis pas habitué à tout ça. Depuis que je te connais, ma vie se met à changer drôlement vite.

-C'est ce que tu veux non ?

-Qu'elle change oui, mais pas avec tout ça. J'ai l'impression de vivre dans un mauvais film. Et ça me fait un peu peur.

-Comme tu dis, tu n'y peux rien. Ce n'est ni plus ni moins qu'un fait divers qui touche ton entourage. T'en es où avec ta femme ?

-Je déménage à la fin du mois. Pour l'instant, ça va. On ne se parle pas trop. A part les banalités d'usage. Je subis de temps en temps ses remarques et ses cris. Ceci dit, ça ne change pas tellement d'avant.

-Bon, le principal, c'est que tu ne t'écartes pas de ta décision. Tu as fait le bon choix.

-Je l'espère. Je te le dois en grande partie. Mais je t'avoue que je ne sais plus trop si c'est bien ou pas.

-Je ne fais que dépoussiérer l'homme qui est en toi. Tu peux pas continuer comme ça. Tu l'as reconnu toi-même. Allez t'inquiète pas trop. Fais-moi confiance. Laisse faire les choses.

-OK, à bientôt.

Après avoir raccroché, Marc prend un cachet. Son mal de tête ne le quitte quasiment plus depuis ces derniers jours.

Il avait déjà eu quelques migraines par le passé. Mais pas à ce point. Une douleur lancinante. Il n'avait pas besoin de ça en ce moment. Mais on ne choisit, malheureusement jamais ces moments-là. Était-ce le fait de tout ce chamboulement qu'il mettait en place dans sa vie qui le perturbait ? Certainement. Le manque d'habitude de répondre avec une certaine assurance. Ça passera. Comme d'habitude. J'ai l'habitude.

Chapitre 4
Mercredi 15 novembre

Seb termine son deuxième café, tout en se préparant tranquillement à partir au boulot lorsque Babass l'appelle.

-T'as lu le journal ?

-Bonjour à toi aussi, merci, je vais bien.

-Tu feras une autre gueule quand tu l'auras lu.

-Accouche merde, c'est quoi ?

-Je suis devant chez toi, je t'attends.

Seb se demande ce qui va encore lui tomber dessus. Il finit de se préparer et rejoint son collègue.

Il lui montre le journal. On pouvait lire en première page « *le poète assassin* » et un poème en toutes lettres, incluant les vers retrouvés sur les lieux du crime.

-Putain, qui les a mis au parfum ?

-Ça ne vient pas de chez nous. Je viens de les appeler, ils ont reçu les poèmes par mail.

-Fait chier, il faut prévenir Max.

-Déjà fait. Max passe chez eux essayer d'identifier l'auteur.

-Bon tu t'occupes de la veuve et je vais voir ce que les fichiers donnent sur les premières identités.

Je vais encore avoir le taulier sur le dos. Il a pas fini de me casser les couilles lui. Et je veux du résultat, et faut que ça s'arrête. Il ne serait pas foutu d'arrêter le lait sur le feu si on lui demandait. Mais il ne peut s'empêcher de vouloir donner des leçons de conduite aux autres. Va vraiment falloir que je parte en retraite. Plein le cul de leurs conneries et de ces nouveaux jeunes avides de tout mais qui n'ont rien à voir avec les flics qu'il a pu connaître. On fait plus de la police mais juste de la « com » pour satisfaire les hautes sphères. Mettre les bonnes croix dans les bonnes cases. De bonnes statistiques et vous êtes vu en héros. C'est tout ce qu'il veut ce con. Pas ma came.

Marc est parti de bonne heure. Nathalie, ne comprenant pas trop ce qu'il lui arrive, et voulant avoir des réponses, entre dans le bureau de son mari et commence à fouiller. Elle ne sait pas ce qu'elle cherche. Une maîtresse ? Elle n'y croit pas trop mais sait-on jamais. Il a complètement changé du jour au lendemain.

On a tous tendance à faire confiance lorsque l'on est en couple. En tout cas, les gens normaux. Mais dès qu'il y a un doute, on se met à fouiner. C'est humain. Le doute entraîne les questions, et les questions la curiosité. Curiosité malsaine par ce que l'on peut trouver. Mais curiosité quand même. On sait très bien que si on trouve quelque chose qui valide nos doutes, cela va faire mal. Mais c'est pas grave, on fouille. On cherche. On ne sait pas ce que l'on cherche, mais on cherche. On cherche à savoir, à avoir une explication logique à ce qui nous arrive. On veut juste compléter les trous dans certaines phrases. Et le plus important, et même si on a tord, c'est vouloir des réponses à nos doutes. Les non-dits de l'autre, qui, lorsque tout va bien sont pris pour un jardin secret. Je l'aime comme ça. Mais dès qu'il y a un doute, ces non-dits deviennent suspicieux. Encore une fois, c'est humain. On est tous pareil.

Elle se met à fouiller son bureau, ouvre les tiroirs, les étagères. Rien d'intéressant. Elle allume machinalement l'ordinateur portable. Persuadée qu'à ce stade, il avait mis un mot de passe de démarrage. Ce qui renforcerait certainement encore plus ses doutes. Mais non.

Sur l'écran de garde se trouvait un fichier nommé «poèmes».

Surprise par ce fichier, elle l'ouvre. Toujours cette curiosité à laquelle on ne peut résister. Et une fois lancé on ne s'arrête pas avant d'avoir trouvé.

Il y a là quelques dizaines de textes.

Sa stupeur grandit au fur et à mesure de sa lecture. L'impression de fouiner dans l'ordinateur d'un inconnu. Elle se sent mal à l'aise. Mais elle continue malgré tout. Poussée par une force invisible. Un irrésistible besoin de savoir. D'en savoir plus.

Ça fait toujours bizarre de découvrir qu'on ne connaît pas du tout la personne avec laquelle on vit. Certes, on le sait, tout le monde à son petit jardin secret. C'est très souvent anodin. Mais nous l'avons tous. Mais là, quand même, le fait de savoir qu'il écrivait des poèmes, c'est un peu la surprise. Je n'aime pas les textes, mais il écrit bien quand même ce con. Jamais elle aurait pensé qu'il puisse avoir ce genre de talent. Il n'en a jamais parlé. Mais ont-ils vraiment parlé un jour ? Elle se pose beaucoup de questions. Une certaine admiration mêlée de peur, de craintes. Sentiments complexes qu'elle a du mal à ressentir et analyser vraiment.

Ne trouvant rien d'autre pour l'instant. Et devant partir elle aussi au boulot, elle éteint tout et referme la porte.

Tout comme Marc, Nathalie a grandi dans cette ville et y travaille maintenant comme secrétaire à la mairie.

Vu le bon salaire de son mari, elle avait pris, ce qu'on appelle un 80 %. Elle a tous ses week-ends bien sûr mais ses mercredis également. Au début c'était pour s'occuper des enfants. À présent, c'était pour s'occuper d'elle.

Une journée par semaine rien que pour elle. Elle avait pris ses habitudes.

Entre coiffeur, shopping, café chez des amies, ou juste à la maison à ne rien faire. C'était sa journée. Et rien n'aurait pu lui faire changer ses habitudes. Surtout pas son mari.

Arrivant à la mairie, elle se dirige vers la petite salle de repos afin de prendre un café avec ses collègues. On retrouve un peu les mêmes habitudes dans tous les boulots. Le café du matin entre collègues, c'est sacré. On pourrait même dire que ça fait partie intégrante du boulot.

Le journal ouvert sur la table, les filles ne parlent que du meurtre.

-Tu as lu ça Nath ? Un meurtre à Savigny.

-Non pas encore, mais je l'ai entendu aux infos en venant.

-Attends, tu n'as pas tout entendu. Ils ont reçu un mail au journal et ils ont publié un poème que le tueur a laissé. Tu te rends compte ? Un tueur en série. Ici, à Savigny. Martine, sa collègue et amie, est déjà en temps normal une vraie pipelette et experte en commérages, alors là, une histoire de meurtre, forcément elle en parle. Et elle n'a pas fini d'en parler.

-Oui ils ont parlé du poème, mais je ne l'ai pas lu, montre.

Nathalie parcourt la une du journal « *le poète assassin* » et commence à blêmir. Ce qu'elle vient de lire lui fait l'effet d'une gifle en plein visage. Elle venait de lire le même texte quelques minutes avant. Chez elle. Dans le bureau de son mari.

Tétanisée, elle reste sans bouger. Sans parler.

-Ça va Nath ? Tu te sens bien ?

-Non, je vais rentrer les filles, Je ne me sens pas très bien. Je vous appelle.

Nathalie sort de la mairie. Monte dans sa voiture et prend son téléphone. En pleurs. L'impression que l'univers est en train de lui tomber dessus. En moins de trois jours, elle voyait sa vie dégringoler emportant tout sur son passage.

Ce n'est pas possible se dit-elle, je le connais quand même un peu. Elle prend, petit à petit, conscience que son mari est bien là. Faisant parti de sa vie. Une vie qu'elle ne connaît finalement pas.

Elle reste un long moment, se demandant quelle décision prendre. Dénoncer son mari et prendre le risque de l'accuser à tort, ou ne rien dire, et se rendre complice si c'est vraiment lui.

Tout de même, le poème est de lui. Ou alors il l'a recopié sur quelqu'un d'autre ? Quoi qu'il en soit, il est sur son ordi. La coïncidence est énorme. Si coïncidence il y a.

Elle ne peut se résoudre à garder pour elle une telle information.

Trois sonneries.

-Commissariat de Melun, bonjour.

-Bonjour, j'aimerais parler au policier qui s'occupe du meurtre à Savigny.

-Ne quittez pas.

Nathalie est mise en attente quelques secondes.

-Madame, le commandant BROUSS est sorti, j'ai noté vos coordonnées, il vous appelle rapidement.

-Merci.

Nathalie prend quelques minutes avant de démarrer et rentrer chez elle.

Cette fois, elle allait prendre son temps et fouiller à fond le bureau. C'est pas possible se dit-elle. Elle ne peut se résoudre à le croire coupable. Même si, les éléments étaient contre lui. Un tel accès de violence. D'un coup. Elle s'en serait quand même rendu compte au fil des années. C'est un nounours, pas un tueur.

A peine entre-t-elle dans la maison que la musique de la bande originale du film « Titanic », film qu'elle a vu une dizaine de fois, et maintenant sonnerie de son téléphone, retentit.

-Allô ?

-Bonjour Madame, commandant BROUSS, vous avez cherché à me joindre.

Seb sait que sur une affaire comme ça, des tas de gens appellent pour donner des détails plus ou moins en rapport avec l'affaire. Certains affirment même connaître le meurtrier. C'est leur voisin, leur patron etc...On dénonce à tout-va. Sans se soucier des conséquences parfois désastreuses. Mais pour certains c'est plus fort qu'eux. Je ne sais pas mais mon voisin à l'air trop louche, c'est forcément lui. Et plus l'affaire est importante, plus les gens appellent. Pour beaucoup, c'est se donner de l'importance. Vouloir participer à l'enquête coûte que coûte. Quitte à dénoncer un innocent. Peu importe. On va parler de moi. C'est grâce à moi…

Mais il fallait prendre ces appels. Sur le lot, parfois, on a quelques bonnes surprises. Quelques éléments probants, permettant de faire avancer l'enquête.

-Le poème, c'est mon mari qui l'a écrit.

-Et qu'est ce qui vous fait dire ça ?

-Je l'ai lu ce matin sur son ordinateur.

Il écoute, l'air un peu détaché. Loin de penser. Très loin de penser à ce qui allait suivre.

-Rappelez-moi votre nom ?

-Nathalie MARAITRE.

Seb a du mal à croire ce qu'il entend. Il s'attendait à tout sauf à ce genre d'appel. C'est trop beau pour être vrai se dit-il. Dans tout ce merdier, je vais peut-être, enfin, avoir un peu de chances.

-J'arrive tout de suite.

-Je vous donne mon adresse.

-Je l'ai déjà Madame, nous avons interrogé votre mari ainsi que ses collègues.

Connaissant son patron, Babass le regarde sans rien dire. Attendant qu'il prenne la parole.

-Tu te rappelles du comptable de la boite ?

-Ton meilleur suspect ? Oui.

-C'est sa femme, elle a trouvé le poème sur son ordi.

-Ben merde. Finalement ça risque d'être rapide cette affaire.

-T'emballes pas trop. Mais oui c'est peut-être un petit coup de chance.

Il le sait, quand son flair de flic lui fait identifier un suspect au début d'une enquête, c'est rare qu'il se trompe. Mais son expérience lui a aussi appris à ne pas s'emballer sans preuves.

Ils arrivent assez rapidement chez Nathalie.

-Re-bonjour Madame.

Elle les fait entrer directement dans le bureau de Marc et leur montre l'ordinateur. La fenêtre est ouverte sur les poèmes.

Elle leur explique les raisons de son intrusion sur l'ordinateur de son mari. Essayant, par ce fait, d'excuser, ou tout au moins d'expliquer son geste. Seb et Babass l'écoutent mais ne répondent pas. A quoi bon. Ça ne servirait pas à grand-chose de toute façon.

-Attendez. Voilà, c'est celui-là.

Elle s'écarte pour leur permettre de lire tous les deux.

C'est par ces pages que je vis réellement
Mon monde à moi, par trop en émoi
Ne me laisse en paix quotidiennement
Que pour l'imaginaire dont je fais foi

Ces sarcasmes répétés, ces rires déployés
Ne font qu'alimenter cette haine réelle
Qui me hante et m'empêche d'avancer
Dans le dédale de cette vie poubelle

Il me faudrait fuir, partir loin d'ici
Reconstruire si tant est besoin, ma vie
Par-delà cet homme, à chaque journée
Riant d'une dévitalisation programmée

Une vie de tourments n'aura de cesse
De me harceler et provoquer mon stress
Cette abjecte personne et son mental retord
Côtoie la mort en guise de remords.

-Tu préviens tes potes de la BAC, je préfère des civils. Plus discrets. Qu'ils aillent le chercher à sa boite et qu'ils me le ramènent immédiatement au bureau.

En temps normal, et sur une autre enquête, il ne l'aurait pas fait venir aussi vite. Mais là, on parle de meurtre. Et de meurtre sordide. Alors mieux vaut ne pas traîner et battre le fer quand il est chaud comme on dit.

-Pas de soucis.

-Je dois prendre son ordinateur Madame.

-Vous savez, ça ne va pas très bien en ce moment, mais je le crois incapable de tuer. Je ne comprends pas. Si vous le connaissiez comme moi, vous sauriez qu'il ne peut être un tueur comme on le décrit. Il y a certainement une explication à tout ça.

-On va juste l'interroger par rapport à ce poème, pour l'instant, je ne fais aucune hypothèse. Mais comprenez que je ne peux laisser passer ça.

-Oui je comprends.

-Il lui arrive de s'énerver ? De s'emporter ? D'avoir un comportement violent ?

-Jamais. Je ne l'ai jamais vu s'énerver en 20 ans de mariage. Il n'aime pas la violence et en a même peur.

-Je vous remercie.

Ils quittent une femme atterrée, lui promettant de la tenir au courant.

Arrivés au commissariat, Seb tend l'ordi à Babass lui demandant de faire imprimer le poème, et de chercher un texte ressemblant au mot trouvé sur le pare-brise. Il prend ensuite la direction de son bureau où l'attendent les policiers de la BAC avec Marc.

-Salut, faites le entrer les gars, merci.

Marc ne dit pas un mot. Comme s'il s'attendait presque à ce qu'on vienne le chercher. C'est trop tentant pour eux. Je serai toujours cette cible idéale.

D'un seul coup, toute sa volonté à vouloir changer de vie s'évapore. Il redevient cet homme fantôme qu'il a toujours été. Cet homme dont aucune colère ne transpire à l'extérieur. Aucun mot plus haut que l'autre. Cet homme objet qui ne fait qu'exécuter les ordres qu'on lui donne. Qui répond aux questions qu'on lui pose. A quoi bon. Est-ce que ça servirait à quelque chose que je m'énerve. Leur dire que c'est pas moi ? Oui je leur dirai. Mais s'ils se sont déjà fait une idée, il me reste quoi pour me défendre ? Changer n'est pas une chose facile. Il s'en rend compte. Trop d'années à être ce qu'il est. Trop d'années qui l'ont formaté à son image d'aujourd'hui. S'il veut vraiment changer, ça va prendre beaucoup de temps. Si toutefois on lui laisse ce temps.

Il s'assoit sur une chaise que Seb lui désigne avant de prendre place à son bureau.

-Ça va Monsieur MARAITRE ?

-Ben non pas trop. Si je suis là, c'est que vous me croyez coupable non ?

-Je n'ai jamais dit ça. Vous avez lu les journaux ce matin ?

-Non je ne les lis que très rarement. Pourquoi ?

Babass entre à ce moment et lui tend le poème qu'il vient d'imprimer, lui glissant à l'oreille.

-On n'a rien trouvé sur l'autre mot, mais on cherche encore.

Seb le tend à Marc.

-Vous le reconnaissez ?

-Mais...Comment avez-vous eu ça ?

Oui c'est moi qui l'ai écrit, mais c'est personnel.

-Plus maintenant. On a retrouvé le dernier couplet sur les lieux du crime.

-Quoi ?

Marc ne comprend pas comment c'est possible. Qu'on l'accuse de meurtre par rapport aux brimades qu'il subissait, il pouvait l'admettre, mais entre l'arbre du pendu et le poème, il ne pouvait pas y avoir de coïncidences. Ça semble trop énorme.

-Personne ne les a jamais lus. Ils sont dans mon ordinateur à la maison.

-Je sais. C'est assez noir comme écriture non ?

-Je n'aime pas la violence. Et lorsque je ne vais pas bien, j'écris. C'est juste un défouloir.

Une façon de m'en sortir sans faire de mal à personne.

-En l'occurrence, on retrouve une partie du défouloir sur les lieux du meurtre. Je ne dirais pas que celui-ci n'a pas fait de mal.

-Je vous jure, je n'ai tué personne. Je ne sais pas comment il a atterri là. C'est forcément quelqu'un qui m'en veut et qui se sert de moi.

-Même si vous ne l'avez pas tué, avouez que c'est troublant. On va vous garder un peu. Ce sera juste une petite garde à vue, le temps de vous entendre en audition.

-Je ne comprends pas, je ne comprends pas.

-Vous lui en vouliez quand même !

-Bien sûr que je lui en voulais. Je ne l'aimais pas. Mais je ne l'ai pas tué.

-Qu'avez-vous fait lundi soir en quittant le boulot ?

-J'avais un rendez-vous avec une agence immobilière pour visiter un appartement.

-Quelle agence ?

-L'agence du soleil à Savigny.

-Je vais vous demander d'écrire ce passage de votre poème.

Marc s'exécute sans trop comprendre.

-Je vais vous conduire en bas. Mes collègues vont s'occuper de vous.

-Vous ne notez rien ?

-Pour l'instant, c'est juste une discussion. On verra pour l'audition tout à l'heure.

Seb le raccompagne à l'étage inférieur, et le remet au chef de poste.

Se retrouver en garde à vue et presque accusé de meurtre juste pour avoir écrit des poèmes. J'ai l'habitude des brimades et des moqueries se dit Marc, mais là, ça va trop loin !! Il essaye de rechercher qui pourrait lui en vouloir à ce point.

De retour dans son bureau, il retrouve Babass.

-Alors ?

-Tu vas aller à l'agence du soleil, une agence immobilière à Savigny. Apparemment, il visitait un appartement le soir du meurtre. Tu interroges l'employé qui a été au rendez-vous. Je veux les horaires exacts et le temps qu'ils sont restés ensemble.

-OK, j'y vais de suite.

Seb décroche son téléphone et compose le numéro du médecin légiste.

-Bonjour docteur. Commandant BROUSS.

-Bonjour commandant, j'ai terminé l'autopsie. Il est à la frappe. Vous l'aurez dans la journée.

-Merci, pouvez-vous me donner l'heure de la mort ?

-Oui attendez 2 secondes.

Feuilletant ses notes, il retrouve cet élément.

-Votre gars a été tué entre 18h00 et 18h30.

-On ne peut pas être plus précis ?

-Non désolé. Il a bien été étranglé avant d'être pendu. Certainement avec une cordelette.

-Merci docteur.

Il compose le numéro du graphologue, expert auprès du tribunal.

-Bonjour Monsieur, commissariat de Melun.

Il lui explique brièvement les faits, lui demandant d'analyser le texte retrouvé sur place ainsi que celui écrit par Marc.

-Je vous envoie un véhicule vous déposer ça.

-Pas de soucis, après avoir lu le journal, je me doutais que vous alliez m'appeler. Alors je peux déjà vous dire que le tueur est gaucher.

-Merci. Bonne initiative.

-Je vous en prie, je vous appelle dès que l'analyse est faite.

Une fois raccroché, il compose le numéro de chez lui afin de rassurer sa femme. Il sera là ce soir, à l'heure pour dîner avec elle. Promis. Il téléphone ensuite au procureur. La question habituelle, vous pensez en tirer quelque chose rapidement ? Vous pensez que c'est lui ?

-Je veux une audition de ce gars, si ça ne donne rien, je le relâche, on n'a pas assez d'éléments.

Il s'octroie une petite pause café et cigarette. Même si c'est cinq minutes de pause, ça fait du bien. Ça permet de réfléchir posément et de remettre un peu tout en place. Quand les choses paraissent trop évidentes, il le sait, c'est trop beau. Ça cache souvent quelque chose d'autre. Les enquêtes de cette ampleur sont souvent compliquées. Alors là, des preuves aussi flagrantes dès le début. L'expérience et l'habitude font qu'il ne s'emballe pas. Et même, il n'y croit pas vraiment. Mais il se doit de creuser. De ne rien laisser passer.

Il faut toujours s'en tenir aux faits. La tentation de se laisser aller à ce que l'on ressent ou ce qu'on pense est à proscrire. Même si l'intuition est bien présente au fil des années, il faudra amener les preuves tangibles sur celles-ci. Il en est donc là. A remettre toutes ses idées en place, le temps d'un café et de quelques bouffées de cigarette.

Une heure et demie plus tard, Babass est de retour.

-Ton mec était au rendez-vous de 18h15 à 18h30. Et on sait, d'après ses collègues, que Luc TOURNIER est sorti du bureau entre 17h45 et 18h15. C'est mince mais bon, ça coïncide avec l'heure du décès. Ça lui laisse peu de temps pour le tuer et filer visiter son appart, mais c'est jouable. Alors ?

-Alors on a que dalle peau de fesse.

-Oh, peau de fesse toi-même, c'est quoi ces nouvelles vannes pourries ?

-C'est pas des vannes pourries, tu veux que je te dise quoi, pas d'empreintes, à moins d'aveux directs, c'est mort. Et puis merde, ça colle pas du tout. Le mec est inconnu de nos services. Même pas une contravention de toute sa vie. On dirait qu'il va pleurer à la moindre question. Et là il va tuer, et garder tout son sang-froid juste après. Y a un truc qui va pas.

-Et le poème ?

-On a que ça. On peut l'inculper juste avec ça, mais ça ne pèsera pas lourd devant un jury, et on perdrait tout.

Il faut creuser encore. Il nous en faut un peu plus quand même. T'as vu l'allure du mec ? Franchement. Tu le crois capable de tout ça ?

-J'en sais rien. On a déjà eu des surprises non ?

-Ouais mais là on peut pas se planter. Le décalage avec le bonhomme est trop énorme.

-On le relâche ?

-Tu l'entends en audition et tu le laisses partir, oui. Mais tu le mets sur écoute, on va quand même le surveiller. Fais une demande de bornage de son téléphone.

En quittant le commissariat, Marc se sent soulagé. On a beau savoir qu'on n'a rien fait, ce n'est quand même pas évident de se retrouver dans ces conditions. Accusé de meurtre.

Si pour certains, ça devient une habitude de se retrouver en garde à vue, pour le commun des mortels, quand on a rien à se reprocher c'est moins évident. Imaginez-vous un local sans fenêtre, où il y a forcément du passage quasiment tous les jours. Donc jamais aéré. Ça donne franchement pas envie d'y passer ne serait-ce que quelques heures. Encore moins un séjour de 24, voire 48 heures.

Il téléphone au boulot afin de faire savoir qu'il ne viendra pas aujourd'hui. Qu'il rentrait directement chez lui. Il ne se sent pas bien.

En rentrant, il s'arrête à l'agence déposer son dossier.

La directrice lui fait un sourire commercial de rigueur, mais se pose des questions sur cette personne. La police est venue l'interroger à son sujet peu de temps avant. Il n'en faut pas plus pour alimenter les rumeurs. Pour une fois que ça tombe sur elle. D'habitude, c'est elle qui écoute les autres. Là, elle va pouvoir surprendre ses amies avec ce « rebondissement » dans l'affaire du meurtre. Quand on est « adepte » de commérages en tout genre, c'est du pain béni ce genre d'information.

En rentrant, et se croyant seul chez lui, il est surpris de voir sa femme.

-Tu n'es pas au boulot ?

Elle aussi est surprise et ne sait trop quoi penser. Faut-il en avoir peur ? Elle n'a pas eu le temps de retourner fouiller son bureau. Tant pis, ou tant mieux se dit-elle.

La découverte des poèmes ainsi que l'annonce du meurtre avaient de quoi attiser une peur. Ou tout au moins un trouble assez grand pour se sentir démunie. Que devrait-elle croire, la coïncidence des faits ? Un acte abject commis par l'homme avec qui elle partage sa vie depuis 20 ans. Elle décide malgré tout de lui parler. Un peu pour se justifier d'avoir prévenu la police, mais surtout pour essayer de comprendre. D'avoir des réponses.

-Marc, j'ai trouvé les poèmes.

-Je comprends mieux. C'est toi qui a appelé la police c'est ça ?

-Mets-toi à ma place. Je pensais que tu avais une maîtresse. Je voulais juste comprendre et j'ai trouvé ça. Je suis certaine que tu n'as rien fait, mais j'aimerais comprendre.

-C'est personnel ça. Tu n'as pas à lire. Mais peu importe, je te comprends. De nature résignée, effectivement il comprend. Il aurait certainement fait la même chose se dit-il.

-Je n'ai rien fait. Je ne comprends pas pourquoi mon poème s'est retrouvé là-Bas. Je vais faire le tri dans mes affaires. J'aimerais rester seul s'il te plaît.

Elle acquiesce de la tête, ne voulant pas, elle non plus, rester en tête à tête avec lui. Une gêne et un trouble trop lourd pour le moment.

Dans un autre décor.

Même pièce légèrement éclairée, on retrouve l'ambiance « guns and roses ».

Un homme dont les mains sont revêtues de gants chirurgicaux, manipule un morceau de langue dont la base n'est qu'un amas de chairs pendantes. Résultat d'une ablation atroce faite à son propriétaire. Il l'emballe dans un sac de congélation, puis met le tout dans une enveloppe « kraft ».

Il murmure en inscrivant le nom du destinataire ainsi que le mot accompagnant son « cadeau ».

« Mon cher commandant BROUSS, il ne faut pas vous tromper de cible. Et encore moins vous imaginer que je vais garder ce trophée pour moi. Il ne vous sera d'aucune utilité, mais c'est mon cadeau. On va bien s'entendre tous les deux. Faites votre travail commandant. Vous finirez par obtenir vos réponses. Patience et vous verrez. Patience et vous lirez. Patience et vous comprendrez qui je suis et ce que je veux. Ne vous relâchez pas, j'en serai très attristé.

Chapitre 5

Jeudi 16 novembre

08h00, Seb arrive au commissariat. Il lance un salut de la tête aux collègues du poste quand l'un d'eux l'interpelle.

-Commandant.

-Oui

-On a laissé un paquet pour vous ce matin.

-Merci.

Tous les matins, tout le service se retrouve autour du café. Comme partout. Un petit rituel qui sert également de réunion. Et Seb, aime ce rituel qui rassemble l'équipe sans avoir le côté solennel d'une réunion. Trop guindée pour lui.

On y expose les arrestations de la nuit, les dossiers en cours et leur répartition. On parle également de la vie courante de chacun. Ça rapproche l'équipe et ça soude les gars entre eux. Un bon esprit d'équipe vaut de l'or quand on doit s'évertuer, à plusieurs, à résoudre une grosse enquête. Ça met également en place, une confiance réciproque au sein de l'équipe.

Et en ce moment, on parle, bien évidement de l'affaire. Alex, un vieux briscard à deux ans de la retraite, avec qui Seb a bossé de nombreuses années sur Paris, s'adresse à lui :

-Rien de nouveau ?

-Que dalle. Mais il a dû faire une erreur. Il faut juste la trouver. Soit c'est un mec qui tue pour la première fois et il est rudement intelligent, soit il l'a déjà fait ailleurs.

-Tu te rappelles le trafic international de bagnoles volées ? J'ai gardé contact avec un gars d'interpol, je vais l'appeler, on ne sait jamais.

-Bonne idée, toi quand tu racontes pas de conneries, tu peux presque être un bon flic. Petite remarque qui ne manque pas de faire rire le reste de l'équipe.

-Connard.

-Merci.

Il fait le point avec Babass.

-Les écoutes ?

-C'est mis en place. Pour l'instant rien. A part un numéro qu'il compose souvent depuis peu, Un certain André. Je ne sais pas encore si c'est un de ses amis ou un psy. Il parle surtout de son divorce et lui donne des conseils sur la vie, ce qu'il devrait faire, enfin des conneries comme ça. Rien de transcendant.

-Tu l'as identifié ?

-C'est un prépayé acheté dans un bureau de tabac. En liquide. Intraçable.

-OK on verra bien. Mets-le quand même sur le bornage, on ne sait jamais. Les analyses ?

-Je devrais avoir les premiers résultats dans la journée.

-Tu vois, quand tu mets la pression, ça va tout de suite plus vite.

Babass, qui a les yeux partout, déformation professionnelle, ou simple curiosité de flic, a remarqué l'enveloppe kraft sur le bureau de son boss.

-C'est quoi cette enveloppe ? Tu reçois des petits cadeaux au bureau maintenant ?

Seb n'y pensait plus. Il l'ouvre machinalement sans se douter ce qu'il contient.

On a beau être rôdé à toute sorte d'affaire plus ou moins glauques, ce genre de chose surprend quand même. En découvrant le contenu, il a un mouvement de recul. Réflexe humain difficile à maîtriser dans ce genre de situation.

Surpris, Babass se penche au-dessus du bureau pour voir à son tour.

-Merde, c'est…

-Oui c'est… Appelle tout de suite l'IJ, il y a forcément quelque chose à en tirer.

Habituellement on ne voit ça qu'à la télé. Un meurtrier envoyant ce genre de choses à la police n'est pas courant. Un détraqué? Quoi qu'il arrive, pour faire ça, faut forcément l'être un minimum. Ou alors, il faut être très joueur. Et si c'est le cas, le jeu doit être préparé en amont. Tout mettre en place avant de commettre son crime pour ne rien laisser au hasard. Et surtout pour ne pas se faire coincer. En tout cas, pas dès le début.

Après avoir enfilé une paire de gants, il lit le mot qui se trouvait avec la langue.

Une partie d'un poème y est inscrit en dessous du mot :

Me sortir de cette vie sans phares
pour renaître et vivre sans maux
éclore de ce cocon blafard
balayer ce passé fardeau

Là ,y a pas de doutes, il veut jouer. Ça l'amuse ce con. Un détraqué. Poète, peut-être mais détraqué c'est certain. A lire ces mots, Seb en est persuadé, il a envie de se faire prendre. Tôt ou tard. Le plus vite serait le mieux. Il va encore tuer. Sinon son jeu n'aurait aucun intérêt. Pas d'empreinte, aucun indice. Il est malin. Détraqué mais malin.

-Babass, retrouve moi le poème intégral sur ceux qu'on a trouvé sur son ordi.

-Pas de soucis je t'amène ça.

Cinq minutes après, Sylvain, technicien de la police scientifique fait son entrée.

-Salut, tu te mets sur cette merde, et tu m'en sors quelque chose. Et fais-moi parler ce papier, c'est possible qu'il n'y ait rien dessus, mais je veux en avoir le cœur net.

Seb parle avec la voix concentrée de quelqu'un qui tente de garder son sang-froid. Et ce malgré une tension qu'il sent monter en lui. Son expérience lui fait garder son calme. Tandis que son caractère bien à lui, a une envie folle d'exploser.

-Je vais faire mon possible.

-NON, TU NE FAIS PAS TON POSSIBLE!! Tu me donnes tout. Tu t'y mets de suite et tu t'arrêtes quand t'as trouvé. Je ne veux pas de boulot d'amateur, je veux un résultat, c'est compris ?

Connaissant Seb, Sylvain ne dit rien et, munis de gants, prend l'enveloppe, son contenu et le mot, et retourne au labo.

-Il se prend pour un as ce con. Tu vas voir que la presse va être au courant. Si on ne trouve rien rapidement, on va vraiment passer pour des cons.

-Écoute-moi bien Babass, la presse, j'en ai rien à foutre. Laisse-les faire leur boulot et restes concentrer sur le tien. Il faut trouver un truc. S'il m'a envoyé ce paquet ce n'est pas pour rien. IL cherche quelque chose. Et il va finir par faire une connerie, se planter. Il ne faut rien laisser passer. Je veux voir tout le monde en salle de réunion dans les dix minutes. Ceux qui sont sur quelque chose le laisser tomber, ceux qui ont envie de pisser ont intérêt à faire fissa. Quand je dis tout le monde c'est tout le monde.

Là, faut reconnaître qu'il était piqué au vif le Seb. Jamais dans sa carrière il n'avait connu un truc pareil. Même à la BRB. Et pourtant des crimes bien dégueux il en a vécu. Des meurtres bien sordides, même certains des attentats, il était dessus. Mais ça. Jamais. Attendre la fin de sa carrière pour tomber sur un débile pareil qui jouait avec lui, ça il ne l'aurait jamais imaginé.

Merde. Pourquoi ça tombe sur moi pense-t-il. Je suis venu ici pour être peinard et il me tombe ça. A un an de la retraite. Fait chier.

Quelques instants plus tard, l'ensemble de la PJ est réuni autour de lui.

Tout le monde a conscience de l'importance de l'affaire. Ils sont, comme à leur habitude, fidèles au poste et prêts à se donner à 100 % avec Seb. Même les secrétaires sont là. Elles pourront apporter une aide précieuse. De par leur connaissance des dossiers, leur capacité d'analyse juridique par la force d'expérience. D'une discrétion à toute épreuve. Et puis une équipe reste une équipe. Au complet. Personne n'est mis sur la touche, surtout dans des moments comme ça.

Le patron est là également. Il laisse Seb prendre la parole et diriger les opérations. Montrant juste par sa présence, son soutien et sa confiance. Enfin surtout, montrer qu'il est là...

-Vous allez me laisser tomber toutes vos affaires en cours. Je veux tout le monde avec moi sur l'affaire. Vous m'épluchez la moindre piste, le moindre indice. Vous secouez vos indics. Faites ce que vous voulez, bossez à l'ancienne si vous voulez je m'en fous. Mais il me faut du résultat rapidement. Autant vous dire que les congés y en a plus. Prévenez maman que les câlins et les p'tits restos devront attendre. Tant qu'on a pas bouclé l'affaire et mis cette ordure entre quatre murs, vous vivez boulot. Et uniquement pour ça. Joignables jours et nuits.

Même si toute l'équipe pensait comme leur chef, l'entendre avec ses mots à lui et sa façon de le dire les boostaient.

Babass, tu m'accélères les analyses, menace-les, engueule-les, fais ce que tu veux, mais je les veux rapidement. Qu'ils nous fassent pas chier avec leur délai d'attente. Ça doit être une priorité absolue.

-OK je les appelle je te tiens au courant.

-Les autres au boulot.

Avant de sortir lui aussi, Babass lui donne le poème en question :

Me sortir de cette vie sans phares
pour renaître et vivre sans maux
éclore de ce cocon blafard
balayer ce passé fardeau

Pouvoir lui dire avec les mots
de lui faire taire à mon égard
et avec les poings s'il le faut
ses moqueries de vil renard

Pour enfin, goûter le nectar
de sa peur coulant à flots
et lui faire dire à ce connard
sa fin comme si c'était ses mots :

Le dessein de ma vie s'empare
de ma mort en guise d'étendard
d'une branche, comme un oiseau
Mon col enserre ma vie de salaud

La presse va s'en donner à cœur joie avec ce genre de connerie pense Seb. Un tueur poète. Il me manquait plus que ça.

Seb se retrouve seul avec le commissaire.
-Pas besoin de vous dire qu'il faut que cette enquête aboutisse vite, j'ai déjà eu Paris au téléphone, ça commence à ronfler.
-Occupez-vous des ronds de jambes avec les huiles et laissez-moi faire mon boulot.
-Je vous laisse faire, je vous laisse faire. Tenez-moi au courant de la moindre avancée que je puisse faire mes ronds de jambes comme vous dites.
-Pas de souci.

Les relations entre Seb et son patron ont toujours été un peu tendues. Le choc des générations. Il est le flic à l'ancienne, la rue et ses codes il les connaît par cœur. Jean-Marc SANSZ, jeune patron de 35 ans, sorti d'école il y a six ans, fait tourner son service comme une entreprise. Du résultat. Être bien vu des hautes sphères afin de faire avancer sa carrière. Il connaît le Code pénal sur le bout des doigts, mais le terrain est un sujet qu'il ignore totalement, et qu'il ne tient pas plus que ça à connaître. Ce n'est pas son rôle. Ça ne l'intéresse pas. Il est là pour diriger. Orienter, booster les effectifs pour un rendement maximum. Quitte à ne pas être apprécié de ses subalternes. De toute façon, il croit fermement à l'adage « être craint pour être obéi ». Ce qui ne fonctionne pas toujours avec Seb. Voire pas du tout.

Un commissaire plus tourné vers la politique, le rendement et l'efficience de son service que par les difficultés liées au terrain. Les prises de risques de ses subalternes, pour lui ça fait juste partie de leur boulot.

Il laisse donc Seb et retourne à son bureau. L'air satisfait d'un patron qui a donné ses instructions, et qui en attend les résultats.

Seb retourne à son bureau. Malgré le peu d'éléments qu'il a, il reste persuadé que ce Marc est le fil conducteur de l'enquête. Il faut juste trouver la clé pour relier le tout. La pièce manquante du puzzle.

Il en est là de ses pensées quand le téléphone se met à sonner. Sa femme.

-Oui chérie.

-On est invités chez Jean-Pierre et Val samedi soir, tu penses qu'on pourra y aller ?

-Oui t'inquiètes pas. Je resterai joignable au cas où, mais on va y aller.

Il sait très bien que cette soirée a peu de chance de voir le jour. Ce n'est même pas un mensonge et sa femme le sait. Elle le connaît. Il a besoin de se rassurer avec des petits détails comme ça. Ça le booste. Ça le motive pour se donner à fond, et offrir ce petit moment de détente à sa femme. Et aussi pour la rassurer. Elle ne lui pose pas trop de questions, mais il sait qu'elle suit l'enquête de près. Qu'elle s'inquiète. Qu'elle se retrouve quelques années en arrière. Et ça, il lui a promis. Ça n'arrivera plus.

-Ça avance ?

-On en est encore qu'au début, on patauge un peu.

-OK je te laisse, à ce soir.

-A ce soir, je t'aime.

Babass entre dans son bureau.

-On a les résultats, une empreinte ADN retrouvée sur le corps. Ah et puis j'ai le rapport d'autopsie. Apparemment la langue a été tranchée par un couteau de type poignard dentelé, et a été fait par un gaucher.

-OK, c'est un bon début, appelle MARAITRE, dis-lui de venir.

-C'est parti.

Une heure après, Marc entre dans le bureau de Seb.

-Bonjour Marc, comment allez-vous ?

-Je suis encore en garde à vue ?

-Non ne vous inquiétez pas, j'aimerais juste apporter quelques détails. Beaucoup de preuves sont contre vous. Je n'exclus pas le fait que quelqu'un se serve de vous comme bouc émissaire. Il nous faut juste un prélèvement ADN. Il n'y en a que pour quelques minutes si vous êtes d'accord.

-Une prise de sang ?

-Non non, juste un prélèvement de salive.

-OK, faites ce que vous voulez. Si ça peut me disculper, je ferais n'importe quoi.

Sylvain arrive à ce moment et procède aux relevés.

-Et avec votre femme ? Ça va ?

-On fait aller. Je dois m'installer dans mon nouvel appartement dans quelques semaines. Mais pour l'instant, on fait au mieux pour les enfants. Je vous en pris, faites tout pour retrouver ce type. Tout le monde me regarde de travers. Je ne pourrai pas supporter ça longtemps. Déjà qu'en temps normal c'est pas la joie, mais là c'est carrément l'horreur. Et encore, les enfants et ma belle famille ne sont pas encore au courant. Quoi qu'avec ma femme se dit-il, cette partie-là ne devrait pas tarder à en entendre parler.

-Je comprends, on fait ce qu'on peut. Personne ne peut vous en vouloir ? Des amis qui n'en sont peut-être pas ?

-Vous savez, des amis j'en ai pas vraiment. Il y a Philippe, un collègue du boulot avec qui je parle régulièrement. Mais en dehors de lui, personne. Il tait volontairement son nouvel ami André.

Et c'est justement à lui que pensait Seb. Mais il ne lui dit rien pour le moment.

-Non, vraiment, je ne vois pas. Vous ne savez pas comment mon poème a pu se retrouver là ?

-Non pas encore. Tenez, juste une signature en bas de page et je vous laisse tranquille.

Seb remarque que Marc est droitier. Et merde pense-t-il. La chance ne peut pas sourire un peu de temps en temps.

Effectivement si ce n'est pas lui, il va falloir trouver comment son putain de poème s'est retrouvé sur la scène de crime. Décidément cette affaire n'est pas banale. Elle me fait même chier se dit-il. Tu avances d'un pas et tu recules de deux.

Et même si son ADN match, c'est pas gagné. Ils bossent ensemble. Donc avec un bon avocat, si on a rien d'autre, c'est mort.

Marc retourne à son bureau, se demandant ce qui lui arrive.

Il essaye de comprendre. De mettre tous les éléments dans l'ordre. Mais il n'y a rien de logique. Pourquoi mes poèmes. Et pourquoi moi tout simplement. A croire que lorsque l'on a une vie de merde, on doit rester dedans. Pas moyen d'en sortir. Dans la vie, il y a des moments où tu as l'impression que plus les emmerdes te tombent dessus, plus on t'enfonce de tous les côtés. On dit que la foudre ne tombe jamais deux fois au même endroit. Ben là, faut reconnaître qu'elle s'acharne sur moi pense Marc.

Heureusement que j'ai rencontré André, je l'appelle ce soir. Pour le moment il n'y a que lui qui peut m'aider. Et j'en ai bien besoin.

Seb entre dans le bureau de Max.

-Alors, ce mail, tu as pu en tirer quelque chose ?

-Il a été envoyé d'un cybercafé de Melun. Il y a toujours pas mal de monde. Le gérant ne se souvient de rien. Et pas de caméras. Je peux juste te dire sur quel ordi il l'a envoyé mais ça va pas servir à grand-chose.

-Il est malin. Mais il va se planter. Il faut qu'on soit là le jour où ça arrive.

Il se parle à lui-même, comme pour se rassurer. Se donner confiance.

On a rien sur le même type d'affaire. Ça veut forcément dire qu'il en est à son premier coup d'essai. On loupe quelque chose, c'est sûr. Mais quoi. Putain, il va nous rendre fous ce con.

-Par contre j'ai eu un peu plus de chance sur son ordi. J'ai bossé dessus toute la soirée. Il a été piraté.

-Raconte.

-Quelqu'un vient régulièrement fouiller dans son ordi. C'est quelqu'un qui s'y connaît. Même si ce n'est pas du grand piratage, faut forcément taquiner un peu l'informatique.

-T'as un nom ?

-Oui. Un certain Philippe DUPLANT.

Ce nom dit quelque chose à Seb. Un des collègues et ami de Marc qu'ils ont interrogés à la boite. Et ce Philippe bosse dans l'informatique. Intéressant. Va falloir se pencher sur lui. Ça pourrait expliquer beaucoup de choses. Notamment les poèmes. Reste à savoir le pourquoi de la chose. Mais c'est tout l'intérêt de l'enquête justement.

Il prévient immédiatement Babass afin de le mettre également sur écoute. C'est une piste à creuser sérieusement. Même si ce n'est pas lui, il faudra qu'il s'explique, tôt ou tard, sur ces faits. Et une audition du gugus ne sera pas de trop pour avoir quelques explications de sa part. Et avoir une nouvelle piste lui redonne un peu de motivation. Il demande donc, naturellement, à Babass de le ramener pour l'entendre.

Après contact avec ce dernier, il sera présent au service à 18h00. Dès sa sortie du boulot. Impec se dit Seb.

Les auditions des autres collègues de Marc n'ont rien donné. Tout le monde est d'accord pour dire que Luc TOURNIER se moquait régulièrement de Marc. Et même si l'ensemble est d'accord pour mettre en évidence le côté un peu décalé de Marc, personne ne voit en lui l'assassin sordide qu'on décrivait. Même si La secrétaire de direction Myriam M. susurre que « oui c'est possible, pourquoi pas. Je ne le sens pas trop sous ses airs de gentil ». C'est un gros nounours un peu gauche qui ne demande jamais rien et fait son boulot sans s'occuper de qui que ce soit. Il ne participe jamais aux fêtes de fins d'années. Reste très discret lors de pots organisés. Un homme présent physiquement, mais pratiquement invisible pour l'ensemble de ses collègues. Pourquoi son poème. Ce Philippe qui, visiblement est le plus proche de lui, et va le pirater sur ses heures perdues. Ça, ça peut être intéressant. Le tout étant de trouver le pourquoi. Mais ça, ça n'allait pas tarder.

A l'heure du déjeuner, Marc arrive à la cafétéria avec Philippe. Et, passant devant un groupe de collègues, il entend Myriam, la

secrétaire de direction murmurer : *assassin.*
Et voilà. Les ragots. La rumeur. Les on-dit. Il y en a toujours un ou une pour la démarrer.

On dit souvent ce genre de chose pour se rendre intéressant plus que par conviction. Souffre douleur un jour, souffre douleur toujours. Et Myriam est en plein dedans avec sa remarque. C'est sorti presque tout seul. Simplement en mode « commérage ». Et juste un petit mot lancé fait que tous les regards se tournent forcément sur lui et deviennent un peu plus suspicieux.

-Laisses la dire lui dit Philippe. C'est juste une connasse qui veut se rendre intéressante.

Disant cela, il la fusille du regard, sans rien dire. A ce stade, les mots ne serviraient qu'à attiser la rumeur et n'aiderait en rien son ami. Il le sait. Ça l'énerve, mais il ne dit rien.

-J'en ai marre. J'espère qu'ils vont vite l'attraper. Ça devient vraiment stressant cette histoire. Merde, qu'est-ce que je leur ai fait à tous. Qu'ils se foutent de ma gueule à longueur de temps, j'en ai presque pris l'habitude. Mais m'accuser comme ça. Sans savoir.

-T'inquiètes, ça va leur passer. Ils vont finir par arrêter de te faire chier. Crois-moi. Laisse faire la police. Ils finiront par démêler tout ça. Ça va finir par s'arranger fais-moi confiance. Moi-même je dois aller au commissariat ce soir. Ils font leur boulot. C'est normal.

-T'es convoqué ?

-Oui, mais tu sais, je pense que c'est normal. On est proche, alors ils veulent ma version. T'inquiètes pas, c'est une formalité. Et entre nous vaut mieux que ce soit moi que cette connasse de secrétaire.

Alors qu'ils prennent leur café, Marc reçoit un appel du patron, lui demandant de venir dans son bureau.

-Bonjour Monsieur.

-Bonjour Marc. Je voulais vous voir par rapport au drame qui nous touche.

-Je vous assure Monsieur...

-Je sais Marc, je sais. Mais tout le monde parle dans la boite. Je vais être franc avec vous, je ne suis pas très à l'aise. Mettez-vous à ma place. J'ai la boite à faire tourner. Prenez quelques jours de congés, le temps que l'affaire suive son cours.

-Vous me renvoyez ?

-Pas du tout, c'est juste pour vous protéger. Je ne peux empêcher les ragots, vous le savez bien. Je n'ai aucunement l'intention de me séparer de vous. Je veux simplement préserver l'ensemble du personnel. Et vous d'ailleurs.

-Je comprends Monsieur.

En rentrant chez lui, il s'arrête un instant sur le bas-côté. Il ne peut retenir ses larmes. Ce n'est pas juste. Qu'est-ce que j'ai fait pour mériter ça. J'en ai marre. A ce rythme-là, je ne vais pas tenir. André aurait mieux fait de me laisser faire ce que j'avais à faire ce matin-là. Au moins je serais débarrassé de tout ça. Ils seraient tous débarrassés de moi.

Au calme, dans son bureau, il compose le numéro d'André. Besoin d'entendre une voix amicale. Une voix réconfortante. Sans jugement abusif.

-Salut André, j'ai besoin de toi. J'en peux plus.

-Calme-toi et raconte-moi.

Il lui raconte en détail sa journée. Les soupçons. Les ragots. Son congé forcé.

-Tu as parlé de moi à la police ?

-Je ne fais que répondre à leurs questions, c'est tout.

-C'est bien. Tu comprends, notre relation est comme une discussion privée entre le psy et son patient. Ça doit rester entre nous.

-Oui je comprends. Il y a beaucoup d'indices contre moi.

-Quels indices ?

-Une partie de mon poème retrouvé sur le corps.

-Ça ne prouve rien. S'ils avaient des preuves contre toi, tu aurais déjà été arrêté et enfermé. Ne t'inquiète pas. Fais confiance à la police et fais-moi confiance pour le reste.

Une fois raccroché, Marc se laisse aller sur son fauteuil, les yeux fermés. Un peu de repos, sans penser à rien. Juste ce mal de tête lancinant qui lui martèle les tempes.

18h00, Philippe arrive à l'hôtel de police et demande après Seb, qui vient le chercher de suite.

-Bonjour Monsieur DUPLANT, comment allez-vous ?

Il se régale, le mettre en confiance en sachant ce qu'il sait, poser les questions banales avant de le faire flancher avec les preuves de son piratage le met assez en joie notre bon commandant.

Il n'est peut-être pas le meurtrier, mais il a certainement un rôle dans l'affaire. On ne pirate pas l'ordinateur de son collègue, ou de qui que ce soit d'ailleurs, sans raisons légitimes. Donc là, il se régale. Il aime ce genre d'audition. Trouver le bon moment pour faire craquer quelqu'un. Et il a bien l'intention de le faire parler et de trouver les bonnes explications quant à ses faits. Une piste pareille, faut pas la laisser traîner. Il ne faut rien laisser traîner d'ailleurs. Le moindre indice, la moindre piste doit être exploitée dans les moindres détails. Et dans ce genre de cas. Seb est un crack. Il manie les questions et dirige l'audition comme un art.

Un virtuose dans la mise en confiance de suspect pour lui faire cracher tout ce qu'il a dans le ventre le moment venu. Et au vu de ce qu'il a fait, il sait qu'il va obtenir des réponses. Et forcément, des réponses qui vont faire avancer son enquête. C'est en tout cas, ce qu'il espère.

-Ça va bien, je vous remercie.

Il pose, comme à son habitude et à ce qu'il a prévu, les questions d'usage, en gardant un air détaché et amical. Jusqu'à la question fatidique. Lui expliquant que, comme ils sont amis avec Marc, c'est, tout naturel de l'entendre.

-Vous vous y connaissez en informatique !

-Oui, c'est mon métier. Pourquoi ?

-C'est juste pour savoir pourquoi vous espionnez informatiquement votre collègue et ami Marc MARAITRE. Disant cela, il le regarde droit dans les yeux.

Ça y est, c'est parti. On y est. Les deux pieds dedans.

Là, il se sent désarçonné. Il reste un moment la bouche ouverte. Sans pouvoir prononcer un mot. Il ne s'attendait pas à cette question. Persuadé qu'on allait le questionner sur Marc, il ne se méfiait absolument pas. Mais il se sait coincé et cherche ses mots. Il n'est pas prêt à l'expliquer. Mais en a-t-il le choix ? Ce moment de silence, pesant, que ni Seb ni personne d'autre vient rompre. Ce Silence, Seb le sait, est conforme à ses attentes. Comme un début de réponse. Il s'en délecte. Pas besoin de reposer la question. Il va y venir tout seul. Gentiment. Il faut juste être patient.

-Ce n'est pas ce que vous croyez.

-Mais je ne crois rien monsieur DUPLANT, c'est la raison de votre venue ici. Vous allez m'expliquez ça dans les détails.

Philippe n'est pas bien. Quelques gouttes de sueur perlent sur son front. Comment expliquer quelque chose que l'on cache depuis des années. Avouez une vérité inavouable pour lui. Mais il le sait aussi, s'il ne s'explique pas, il va se retrouver suspect numéro 1 dans cette sale histoire.

-Comme je vous le dis commandant, ça n'a rien à voir avec votre affaire.

Seb ne répond pas. Toujours ce long silence. Volontaire. Ça met mal à l'aise. Et au bout du compte, ça pousse à parler. Quelle que soit la situation, l'endroit, ou bien les personnes avec lesquelles on se trouve, les longs silences sont gênants. Alors si on se sent gêner dans la vie de tous les jours, imaginez dans ce genre de situation. Pire que des questions directes. Abreuver de questions peut, au contraire, bloquer certaines personnes. Alors que le silence les amène, très souvent à parler. A se justifier. C'est intenable. Et Philippe finit, lui aussi par craquer et parler.

-Je suis homo. Dit-il dans un murmure.

Là pour le coup c'est Seb qui est désarçonné. Il ne s'attendait pas à cette réponse. D'ailleurs il ne voit pas bien ce que ça vient faire là. Qu'est-ce que ça peut me foutre ses choix sexuels se dit-il.

-Et ? Ça vous donne le droit d'espionner les gens ?

-Non, je sais bien...C'est juste que…

Nouveau moment de silence. Philippe doit prendre une grande inspiration pour se lancer et avouer sa vérité.

-Je suis amoureux de Marc. Je ne lui ai jamais avoué. Je n'ai même jamais avoué à quelqu'un mon homosexualité. Je sais que moralement ce n'est pas bien. Mais ça me donne un peu l'impression de faire partie de sa vie. Et en l'occurrence de partager ses poèmes que j'aime beaucoup. Mais je vous en prie, ne lui dites rien.

-Ça va pas être possible. Vous l'avez piraté, je me dois de lui dire. Maintenant concernant vos...sentiments à son égard, je vous encourage à lui avouer vous-même. C'est pas mes oignons.

Seb qui, encore une fois, ne s'attendait pas à ce genre de revirement, le croit dans ses explications. Mais il ne l'écarte pas des suspects. Après tout, l'amour peut vous faire faire des choses insensées. Et peut, très souvent, pousser au meurtre.

Les questions suivantes font forcément référence à son éventuel alibi. Que faisait-il le soir du meurtre ? où était-il ? avec qui? Il était chez lui. Seul. Mais ne peut en apporter la preuve formelle.

-Nous allons aller chez vous afin de procéder à une perquisition.

Philippe, totalement perdu par tout ça, vient de comprendre ce qu'ils vont trouver. Ses caméras. Les photos de Marc. Il se sent anéantit. Mais il sait également qu'il ne peut rien faire pour s'y opposer. Certes ce n'est pas un crime odieux en soi, juste un peu de honte qu'il ressent à ce moment précis. Une terrible gêne. Être obligé de se dévoiler devant eux le met au supplice.

Et effectivement, quelques instants après. Seb et Babass sont chez lui. Constatant la présence des moniteurs vidéos dans son bureau, ils restent un instant sans voix.

-Vous avez combien de caméras ? Demande Seb.

Philippe se rend compte qu'il ne peut plus rien cacher.

-Et il leur montre les fameuses caméras, dissimulées dans son salon.

-Mais elles vous servent à quoi ?

Mettre des caméras chez soi, n'est pas un délit en soi. Par contre, l'usage que l'on peut en faire peut le devenir.

Petit moment de silence. De gêne.

-Je vous l'ai dit, je suis amoureux. Je n'ai jamais pu avouer mon homosexualité. Et encore moins mes sentiments pour Marc. C'était juste pour me repasser les vidéos de lui. Il est venu juste un soir chez moi. Je sais ce que vous vous dites. Mais c'est juste personnel. Pour moi seul.

Seb et Babass se regardent. Mouais. C'est tordu. Voire vachement tordu. Mais bon. Ça peut tenir la route. Complètement amoral mais bon.

-Nous allons devoir prendre votre ordinateur.

Que pouvait-il dire de plus. Rien si ce n'est accepter leur requête.

Philippe est malgré tout, laissé libre. Une garde à vue à ce moment précis ne servirait pas à grand-chose. Il en avait déjà dit pas mal. Et on ne dit pas ce genre de choses si ce n'est pas vrai. Ou alors c'est vachement tordu pour le coup.

Ils rentrent donc au service, où, l'ordinateur va passer dans les mains de Max. Pour en extirper le moindre indice susceptible de faire avancer l'enquête.

Babass qui s'était retenu de rire en découvrant tout ça ne peut s'empêcher de lancer :

-On en parle ?

-Non tu vas dire des conneries et j'ai pas la tête à ça.

-Reconnais quand même que c'est pas banal.

-Ouais, pas banal. C'est vraiment une affaire de merde. Alors me fais pas chier avec tes vannes à la con.

Babass continue de sourire intérieurement mais ne poursuit pas le débat. Quand il est comme ça, il le sait, ça ne sert à rien.

Myriam, femme de 39 ans, belle brune au corps sculpté par ses séances de gym. Divorcée depuis trois ans, vit sa vie de célibataire épanouie. Elle sort et s'amuse souvent. Efficace et indispensable dans son boulot, elle est une meneuse en dehors. Depuis qu'elle était mariée, elle ne faisait que ce que son mari avait décidé de faire. Une femme devenue soumise par la force des choses. Un mari qui la rabaissait sans cesse. A force on arrive à croire que sans lui on est rien.

Qu'on est rien tout court. Plus aucune confiance en soi. Un rejet de son propre corps. A force d'entendre que l'on ressemble à rien, on finit par le croire. Et ce petit jeu peut souvent durer des années. Elle ne se maquillait pratiquement plus. Les tenues sexy, elle y avait renoncé, pour éviter les remarques désobligeantes. Voire les insultes. Puis un beau jour, ou peut-être une parole ou un geste de trop, elle a dit stop.

Après avoir pris le courage de le quitter, non sans mal, elle a décidé de prendre sa vie en main, sans laisser personne pour lui dicter ses actes. Encore moins avec qui. Ni quand et où elle devait s'amuser.

Certes, ça ne s'est pas fait dès la première année. Il y a malgré tout un gros travail à faire sur soi. Aidée par une Psy, qu'elle continue de voir, et épaulée par son entourage, elle y est arrivée. Et elle en profite.

Ce soir, elle va essayer un pub qui vient d'ouvrir sur les bords de seine à Melun. Il y a parait-il, de la bonne musique et une ambiance assez festive. Les avis qu'elle a pu voir sur les différents réseaux sociaux sont unanimes. Il faut y aller. Nouveau décor, nouvel endroit, et donc, de nouvelles personnes à rencontrer.

Elle termine de se maquiller, lorsque son amie d'enfance, Olivia, très jolie femme célibataire de 39 ans, brune, les yeux verts, le corps taillé dans les mêmes cours que Myriam, sonne à la porte.

-Entre, lui crie-t-elle. Je suis dans la salle de bain. Je termine, j'ai mis une bouteille au frais, sers-nous un verre.

-OK, prends ton temps.

Olivia sort la bouteille de champagne. Un breuvage qu'elles s'accordent avant de sortir. Ces petites bulles pétillantes leur donnent l'énergie suffisante pour attaquer la soirée. Et puis, ça donne toujours un petit air de fête.

-Allez, je suis prête, à la nôtre ma belle. Tu vas voir, le pub à l'air sympa et très...célibataire.

-Moi, je te préviens, je ne cherche rien ni personne.

Olivia n'avait pas vécue la même vie que son amie, néanmoins elle n'avait rencontré que des hommes qui lui promettaient monts et merveilles à la première rencontre et qui, très vite, la faisait passer au second plan. Ça ne durait jamais très longtemps. Et même si, secrètement, elle attendait comme beaucoup de femmes, le prince charmant, elle ne le cherchait pas forcément. On se rend vite compte que chercher absolument la bonne personne ne la fera pas venir. Alors autant laisser faire les choses. La vie se chargera bien, à un moment, de lui apporter un peu de bonheur. Mais les multiples déceptions l'ont rendue méfiante.

-Qui te dit qu'on va chercher. On va s'amuser.

-On est bien d'accord. Bon raconte. Cette histoire de meurtre.

-Je suis sûre que c'est le comptable. Je ne l'ai jamais senti ce mec. Il fait trop gentil et trop mou pour être honnête. Bon je ne le vois pas tuer, mais s'ils doivent avoir un suspect dans la boite, c'est lui.

-Et la police, elle dit quoi ?

-Ben pour le moment pas grand-chose, mais il y en a un super mignon.

-Non mais tu n'es pas possible toi. Tu dragues même sur une enquête de meurtre.

-Arrête, je lui ai dit qu'on allait boire un verre ce soir. Il doit nous rejoindre.

-Tu déconnes ?

-Attends, ça ne nous engage à rien. Et puis si je ne lui plais pas, tu peux tenter ta chance.

-Alors là, j'en doute. Tu aurais pu m'en parler. Tu sais ce que j'en pense. Ça va parler police et meurtre, tu parles d'une soirée entre filles. Toi et tes plans foireux. T'en loupes pas une quand même.

-Allez, ne fais pas ta rabat-joie, qu'est-ce qu'on risque avec un flic. On est certaine qu'il ne fera pas de coups tordus. Enfin je pense, dit-elle en rigolant.

-C'est toi les coups tordus.

-Fais-moi confiance. On va juste s'amuser c'est tout.

-OK, de toute façon, je n'ai pas le choix.

-Exactement.

Après deux coupes de champagnes, elles prennent la direction du pub.

De son côté, Babass se prépare. Cette Myriam à l'air sympa. Il avait bien vu qu'elle le draguait ouvertement lorsqu'il était venu pour l'interroger. Elle ne lui plaisait pas forcément mais bon, elle à l'air rigolote. Et il aime sortir avec de nouvelles filles, alors…

Même s'il sait garder son côté professionnel et ne se laisse pas distraire par la bagatelle, allier le plaisir quand il se présente, et en dehors du boulot bien sûr, n'est pas pour lui déplaire.

Et puis, elle a une copine. Ça vous arrive souvent d'être invité par deux filles que vous ne connaissez pas ? Ben moi non plus. Alors j'en profite, se dit-il joyeusement. Et puis avec cette affaire, prendre un peu de bon temps va faire du bien. Permettre à l'esprit de se reposer un peu pour mieux repartir après.

Même si, bien entendu dans de pareilles circonstances, il reste joignable à n'importe quelle heure. Mais ça il avait l'habitude. Ça fait partie du job. Il n'y prêtait même plus attention tellement c'était une évidence.

Il arrive le premier au « KORRIGAN ». Il s'installe à une table et, commande une bière en les attendant.

Un groupe de rock chante une version remaniée de « Born to be wild » de Steppenwolf.

L'ambiance est assez feutrée. Il n'y a pas encore trop de monde.

Son œil aguerri ne peut s'empêcher de regarder autour de lui. Les sorties éventuelles, les personnes qui l'entourent. Déformation professionnelle dont un bon flic a du mal à se débarrasser. On dit souvent qu'un bon flic l'est 24h00 sur 24. Pour Babass, c'est le cas. Sous ses airs de célibataire un peu dragueur, il avait toujours une partie de lui aux aguets. Prêt à intervenir le cas échéant. Il ne s'en rendait même plus compte à force, mais son esprit repérait les petits détails qui vont échapper à la plupart des personnes. Un esprit de flic.

Vingt minutes après, Myriam et Olivia entrent dans le bar.

-Regarde, c'est lui là-bas.

Hum, il est pas mal se dit Olivia. Mais bon, un flic, je ne sais pas.

Les préjugés sont toujours de rigueur. On voit toujours un flic comme un être rigide. Présent uniquement pour la répression. On ne cherche jamais à voir l'homme qu'il y a derrière. On est tous d'accord pour affirmer qu'il en faut. Mais très peu les apprécie. Pour certains, on ne les aime pas parce que délinquants, pour d'autres, la plupart, juste parce qu'on s'est déjà pris une contravention et que merde hein, y a pire quand même, c'est pas juste. Bref, pour la plupart des gens un flic reste un flic. En toutes circonstances.

C'est comme ça. Et Olivia n'échappe pas à la règle. Mais Babass avait l'habitude de tout ça. Et il savait, de par son expérience de célibat et de sorties, briser ce tabou et cette crainte que peuvent avoir les gens. Sa

« tchatche » savait, en général, mettre à l'aise tout le monde.

-Alors ? Lui demande Myriam.

-Mouais, pas mal.

-Ha tu vois.

-T'emballes pas quand même OK ?

-OK vilaine.

-Bonsoir.

-Bonsoir Myriam.

-Je vous présente Olivia.

-Enchanté. Bastien.

Là, c'est différent. Cette fille ne le laisse pas insensible. Elle a quelque chose en elle qui le trouble. Ça fait longtemps que ça ne lui était pas arrivé. Un petit côté timide et sur la réserve. Différente des filles habituelles qu'il rencontre. Ça lui donne tout de suite l'envie de relever le défi. D'essayer de briser légèrement cette carapace.

Le Barman vient prendre leur commande. Une bière à la cerise. Et leur amène.

-Vous ne travaillez pas avec Myriam, je ne vous ai pas vu là-bas. Lui demande Bastien.

-Non, je suis assistante dentaire à Melun. Et vous ? Depuis longtemps dans la police ?

-Ça fait 20 ans, j'ai bossé 7 ans à Paris et depuis je suis ici.

-Pas trop dur ?

-Non ça va.

-Myriam m'a raconté pour votre enquête.

-Oui, enfin on démarre. C'est vrai que ce n'est pas une affaire banale. Mais on ne va pas parler boulot. On est ici pour se détendre.

Là il marque un point se dit-elle.

-Vous avez raison.

-On peut se tutoyer non ? Ce serait plus sympa et moins sérieux.

-Oui vous… Tu as raison.

Myriam, habituée à sortir, et connaissant très bien son amie, comprend tout de suite que ce petit flic n'est pas pour elle. Mais pour sa copine. Loin d'être déçue, elle est au contraire, très contente pour elle.

La soirée suit son cours. Entre plaisanteries et discussions banales afin de faire connaissance. Babass est très fort pour ça. Pas timide, il sait prendre en main une conversation. Il faut dire que ses nombreuses sorties l'avaient un peu habitué. Un célibataire endurci qui veut sortir régulièrement ne peut être timide. Ou il va droit à sa perte.

Vers minuit, Olivia se lève et se tourne vers Myriam.

-On va y aller ? Réveil de bonne heure demain matin.

-Allez, restes encore un peu. Je crois que j'ai un ticket avec le serveur. S'il te plaît.

Babass sent que c'est à lui de prendre les choses en main.

-Je te ramène si tu veux. Je dois, moi aussi me lever tôt.

Olivia se tourne vers son amie, cherchant un acquiescement de sa part.

-Vas-y ma belle. Je vais rester encore un peu. On ne sait jamais lui dit-elle avec un clin d'œil.

Dans un coin de la salle, un peu dans l'ombre, ils n'ont pas remarqué un homme qui ne perd pas une miette de leur soirée. Casquette vissée sur la tête, il se fond dans le brouhaha ambiant du pub. Un client normal aux yeux de tous. Un client que Babass aurait pu repérer. Aurait dû repérer. Mais il lui tournait le dos. Et ce « client » a fait en sorte, volontairement, de se placer derrière lui.

Babass et Olivia laissent donc Myriam à son barman, et quittent le pub.

Olivia semble plus détendue. Elle se sent en confiance. Il est drôle tout en étant prévenant. Elle n'est pas habituée. Petite drague mais gentille. Pas le rentre dedans auquel elle est, malheureusement, habituée. Mais doucement se dit-elle, doucement. Pour elle aussi, elle le sent, ce n'est pas un de ces hommes qu'elle a l'habitude de rencontrer. Peut-être devrait-elle lui laisser une chance. Ou plutôt se laisser une chance.

La conversation se poursuit donc sur le trajet du retour.

Échange important pour mieux se connaître. Juste pour vérifier et confirmer les premières impressions. Le ressenti d'une rencontre est toujours difficile. On se laisse facilement emporté par le superficiel. Alors, inconsciemment, ils se découvrent. Par les mots. Les questions sur leur vie. Ce qu'ils aiment ou n'aiment pas.

Une demi-heure plus tard, Myriam se dirige vers sa voiture. Non sans avoir récupéré le numéro de téléphone de son beau serveur, qu'elle espère revoir rapidement. Qu'elle va revoir bientôt. Elle est heureuse. Pour elle tout d'abord, une nouvelle rencontre lui va à ravir. Mais également pour son amie. Elle le mérite pense-t-elle. Ils vont bien ensemble. Elle quitte donc le pub l'esprit serein. L'esprit joyeux d'une belle soirée réussie sous toutes ses formes. Une soirée comme elle les aime.
Elle ne s'aperçoit pas qu'un homme la suit. Celui-là même qui, un peu plus tôt, les observait à quelques tables d'eux. Toujours la casquette vissée sur la tête, les mains dans les poches du blouson. Il avance sans faire de bruits. S'assurant que personne d'autre ne sort en même temps. Elle ne s'en aperçoit pas, ou plutôt elle n'y fait pas attention. Quoi de plus naturel que des gens qui quittent le bar à cette heure. Il va bientôt fermer. Donc

aucune raison de s'alarmer sur ce client. Elle reste dans ses pensées positives sur sa soirée. L'esprit heureux.

Le parking se situant un peu à l'écart est désert à cette heure-ci, et éclairée faiblement par un réverbère se situant un peu plus loin. Mais pour Myriam, qui n'en est pas à sa première sortie, ne s'inquiète pas de ce manque d'éclairage. Elle n'a que quelques mètres à faire pour arriver à son véhicule. Au moment où elle ouvre sa portière, elle est plaquée violemment contre la voiture, une cordelette lui enserrant le cou. Elle ne peut que sentir une masse la bloquant contre la carrosserie.

Une panique naturelle s'empare d'elle en une fraction de seconde. Elle peut ressentir sa fin toute proche. Et ne comprends pas ce qui lui arrive.

Elle tente quelques secondes de se débattre, d'appeler au secours. Mais l'étranglement puissant l'empêche de hurler ou de prononcer le moindre mot. Pas un bruit dehors, uniquement la respiration de son agresseur en bruit de fond. Ses pieds tentent désespérément de se raccrocher à la vie, se débattant avec l'énergie du désespoir. Dans un ultime effort de survie, son corps tout entier tente vainement de se raccrocher à la vie. Puis plus rien. Ses yeux figés par la peur deviennent vides. L'homme, vêtu de sombre, une capuche rabattue sur le visage, la visière de sa casquette sur le nez, reprend son souffle. Il prend le temps de récupérer les clés de voiture de Myriam en fouillant dans son sac, puis, ayant déverrouillé les portes, la dépose dans son coffre. Enveloppant le corps dans une bâche, afin d'éviter toute trace compromettante. Il regarde autour de lui afin de s'assurer que personne n'est présent. Il semble que la chance est souvent du côté obscur. Personne à l'horizon, aucun bruit. Il démarre tranquillement.

Chapitre 6
Vendredi 17 novembre

Au commissariat.

-Salut Babass, alors ta soirée ?

-Salut Seb, super. Myriam avait une copine très belle et très sympa.

-Ta nouvelle conquête ?

-Il y a des chances. Je dois la revoir ce soir.

-Et ben mon salaud. Tu te fais pas chier quand même. T'as de la chance d'être presque bon et que je t'aime bien parce que dragué en pleine enquête c'est pas ce que j'aime le plus.

-Comme tu le dis, je suis presque bon. Et c'est elle qui m'a dragué, pas l'inverse Monsieur.

-Mouais, on va dire ça.

-Sinon rien de neuf ?

-Non.

Alex entre dans le bureau.

-Salut Seb, Salut Babass, vous avez entendu la radio ?

-Non.

-Vous devriez venir. On a un corps découvert en forêt.

-En forêt ?

-Ouais, la même forêt, le même endroit, le même arbre.

-Tu déconnes. Le même mode opératoire ?

-Je ne sais pas encore, on a déjà du monde sur place, on attend plus que vous.

En chemin, Seb ne dit rien.

La presse va se régaler. On va encore en prendre plein la gueule. Sans parler du patron. Même endroit, ça veut dire même tueur. Ça veut aussi dire, tueur en série. Putain si on trouve rien, ça va être long.

Décidément, rien ne lui sera épargné pour ces dernières années. Une enquête que tout le monde redoute. Aucun flic n'a envie de se retrouver au cœur d'une telle affaire. Trop médiatisée. Du coup, beaucoup trop de personnes vous ont à l'œil. Et c'est pas bon. Ça fait pas avancer les choses. Bien au contraire. Et ça mine le moral de l'équipe. Sans parler de la hiérarchie qui, elle-même, subissant les questions quotidiennes venant de tout bord, vous harcèle de questions auxquelles vous n'avez pas forcément de réponse. Mais peu importe. Pour les gens d'en haut, il faut des réponses. Que leurs questions ne soient jamais dépourvues d'une réponse adéquate qui les soulage de suite. Seb se dit qu'il a deux solutions dans pareil cas. Ouvrir sa gueule et envoyer chier tout ce joli petit monde, mais ça n'arrangerait certainement pas les choses. Ou bien faire l'hypocrite, arrondir les angles et faire plaisir. Ça va être très compliqué.

Sur place, les policiers les attendent.
-Salut les gars, rien n'a été touché ?
-Non, tout est resté en état. Le témoin ne s'est pas approché. Il a appelé directement.
Un morceau de parchemin est accroché, comme la première fois, sur l'arbre.

Ma vie n'est plus que châtiments
Retraite méritée d'une vie de vices

Morceau d'un poème, également retrouvé chez Marc

Putain. Il n'y a plus de doute là. Si on le trouve pas rapidement ça va continuer un bon moment cette connerie.

-OK, vous vous occupez de nous ramener notre fameux Marc, qu'il soit auditionné rapidement. Et tant que vous y êtes, ramenez également ce Philippe. Ça leur donnera l'occasion d'être réunis. Il va bien falloir qu'il se dévoile notre tourtereau. Vérifiez de suite leur emploi du temps. Qu'on ne perde pas de temps s'ils ont un alibi sérieux. Mais ça j'en doute. Et faites le tour des parkings, s'il suit la même logique, on va retrouver le véhicule de la victime aux abords.

Les patrouilles s'activent. La bac se charge de faire le tour des parkings.

-Seb, l'IJ est là.

-Il a forcément dû laisser quelque chose. Vous passez la journée s'il le faut, mais je veux quelque chose. N'importe quoi. Il ne faut pas qu'il y ait un troisième meurtre, VOUS M'ENTENDEZ ?

Seb criait presque. Sa colère et sa frustration le minait. Il faut qu'il reste concentré. Mais il a besoin des compétences de chacun sur l'affaire. Comme à son habitude, sa colère et ses coups de gueule l'aident à rester concentrer.

Il ne remarque pas tout de suite Babass qui est resté planté. Bouche ouverte.

-Oh Babass, ça va ?

Un silence envahit l'espace le temps d'un instant. Seb attend, il sent que quelque chose de pas normal a ébranlé son équipier. Il ne l'a jamais vu comme ça. Prostré. Le regard vide. L'esprit complètement ailleurs. Seb se met à ses côtés sans rien dire. Il attend qu'il parle. Il ne sait pas ce qu'il attend, mais il sait qu'il y a quelque chose de pas normal. Qu'il doit juste attendre qu'il prenne la parole. Tout seul.

-C'est Myriam, lâche Babass dans un chuchotement. La fille avec qui j'avais rendez-vous hier soir.

-Merde.

On va de surprise en surprise se dit-il. Jusqu'où ça va nous mener tout ça. Jusqu'où veut-il nous amener ? Et pourquoi cette forêt. Cet arbre. Il sait qu'il va être obligé de le faire surveiller. Se faire avoir une troisième fois serait carrément un signe de faiblesse et d'incompétence. Et il le sait.

-Comme tu dis. Je suis parti du bar avant elle, avec sa copine. Elle est restée seule.

Seb se tourne vers le médecin légiste :

-L'heure de la mort ?

-Je dirais entre minuit et une heure.

-T'es parti à quelle heure du bar ?

-Vers minuit. Putain Seb, j'ai les glandes.

-Je sais mon grand. Merde, ce connard était avec toi là-bas.

-J'en ai bien peur.

-Bon. Ça va aller ?

-Va falloir.

-Tu veux rentrer ? Je vais me débrouiller pour finir la journée. T'inquiètes. Remets-toi de tout ça.

-Non, ce serait pire d'être sur la touche. Je reste avec toi. Si je me retire de l'enquête j'arriverai pas à passer au-dessus de ça.

-Alors on va foncer au bar. Avec un peu de chance il y aura une caméra qui a filmé. Puis regardant son collègue : « t'es sûr » ? Sinon je prends quelqu'un d'autre.

168

-Non, ça va aller, laisse-moi le temps d'une clope et je m'y remets, fais-moi confiance.

La fameuse clope. Tout fumeur en est persuadé. Elle aide à réfléchir. Connerie. Tout le monde le sait, mais on s'en grille une quand même pour... Réfléchir. Juste pour avoir cette sensation de se sentir mieux. D'être apaisé. Se donner le temps de la réflexion. D'une pause d'intoxication sciemment réfléchie.

Seb le laisse un peu seul, et continue dans un souci de minutie dans son enquête. La peur de passer à côté de quelque chose d'important ne le quitte plus désormais.

-Les gars, vous me faites un périmètre et ratissez la zone.

S'adressant au médecin :

-Qu'est-ce que vous pouvez me dire d'autre ?

-C'est quasiment la même chose. La langue a été arrachée. Il y a...Attendez... Il y a un poil dans la bouche. On dirait un poil animal. Mais je ne peux l'affirmer sans analyses.

Seb le met dans un petit sachet en plastique et le donne à l'IJ.

-En priorité OK ? Je veux les résultats aujourd'hui.

-Pas de soucis. Dès qu'on a fini ici, je fonce m'en occuper.

-Babass, t'es OK ?

-Ouais ça va.

-je veux une photo de la fille.

-Ouais, on passe au service. C'est sur la route du pub. J'ai gardé le trombinoscope de la boite. Putain, il était dans le bar. Toute la soirée. Et j'ai rien vu.

-Il y avait du monde ?

-Un peu. Mais tu sais ce que c'est, lumière tamisée et…

-Et toi tu pensais avec ta queue.

-Arrête tes conneries Seb. Je ne pouvais pas me douter. Et tu sais très bien que c'est pas vrai. Il n'y avait personne de louche.

Il le savait très bien. Mais, volontairement, pour le piquer. Le maintenir éveillé sur l'affaire. Le maintenir concentré. Il connaît son ami comme personne. Et il sait qu'il a besoin de ça pour avancer. Besoin d'entendre ses coups de gueule. Ses sermons d'ancien comme dit Babass.

-Essaye quand même de raviver tes souvenirs.

-J'essaye, j'essaye. Y a un truc quand même. Myriam m'a dit hier soir qu'elle l'avait traité d'assassin au boulot. Elle ne l'a pas dit fort, mais suffisamment pour qu'il puisse l'entendre. Je lui ai dit, évidement que c'était pas malin. Qu'il fallait qu'elle fasse attention à ne pas dire certaines choses mais bon.

-Les deux victimes s'en sont prises directement à Marc. Ça ne peut pas être une coïncidence. Soit c'est lui directement, soit c'est quelqu'un de son entourage proche.

-Putain, j'ai rien remarqué. Faut dire aussi que je ne m'attendais pas à ça. Qu'il vienne jusque-là.

-Tu sais comment ça se passe. Lui a dû te voir et a fait en sorte d'être discret. De se fondre dans la masse. Même si tu l'avais voulu, tu ne l'aurais certainement pas remarqué. T'as rien à te reprocher mon grand.

-Ouais je sais, mais bon. Ça me fout les glandes quand même.

Va falloir être sur le qui vive en permanence.

Seb se gare devant le commissariat.

-Magne-toi, dit-il à Babass.

Quelques instants après, il rejoint Seb.

-J'ai le trombinoscope. Il y a les deux victimes et surtout Marc, on ne sait jamais. Et puis maintenant il y a ce Philippe aussi. Avec un peu de chance…

Tiens je t'ai amené aussi le poème complet :

Dans les ténèbres je me contemple
Loin de sévères sévices d'en vie
ma vie n'est plus que châtiments
retraite méritée d'une vie de vices

Au travers du mépris que j'inspire
Des travers de ces mots blessants
qui alimentent ma vie de satyre
Me voilà séduite par le néant

C'en est fini de ces calomnies
que ma bouche retord, alimentait
c'en est fini de ma sombre vie
que mon esprit dérangeait

Toute une vie de vil mépris
ne pouvait rester impuni
c'est enfin la délivrance
au bout de cette branche

-Tu sais que si tu continues à bosser avec moi, tu vas devenir un vrai flic.

-Vous êtes mon héros commandant.

-Pauvre con.

-En attendant, il va falloir se recentrer sérieusement. On est passé à côté de quelque chose. On va tout reprendre du début. Un novice du crime ne peut pas être parfait dans ses actes. C'est pas possible.

Rappelle l'IJ, qu'ils refassent des prélèvements sur la première voiture. Qu'ils repassent tout au peigne fin. L'intérieur comme l'extérieur. Dessus dessous. Partout. Priorité absolue tant qu'on a rien trouvé. Et il faut qu'ils me trouvent quelque chose.

Sur place, il n'y avait que le gérant. Le bar est fermé. Après avoir montré leur carte de police, il leur ouvre.

-Oui ?

-Bonjour Monsieur, police judiciaire de Melun, vous étiez présent hier soir ?

-Oui bien sûr, comme tous les soirs. On a ouvert il y a tout juste un mois.

Babass lui montre les photos.

-Avez-vous vu ces personnes ?

-Franchement vous savez, avec le monde qu'il y a, je ne peux pas me souvenir de tout le monde.

-Je comprends, mais là. C'était hier, les souvenirs sont encore frais, prenez votre temps.

Il regarde Babass.

-Attendez...ce mec là, il y avait un type, je ne sais pas si c'est lui. Mais il lui ressemble un peu. Il vient de montrer la photo de Marc.

Babass lui montre également la photo de Philippe.

-Là, vous me filez le doute. Il avait une casquette alors ça peut être l'un ou l'autre. Je ne sais plus.

-Un type assez timide ? Renfermé ?

-Non, pas du tout. Le genre de mec sûr de lui. Il a dragué ma serveuse.

-On peut la voir ?

-Elle arrive dans une demi-heure si vous voulez.

-Vous vous rappelez quand il est parti?

-Moi non, peut-être Karine. Et puis il y avait Stefen, mon barman. Lui il sera là que ce soir.

-Vous avez une caméra sur le parking?

-Non.

-Personne d'autre n'est venu à sa table? Même une fois parti?

-Non je ne crois pas.

-Les tables ont été essuyées?

-Bien sûr, elles sont nettoyées à chaque départ de clients et tous les matins.

-Je vous remercie, on va attendre votre serveuse.

-Vous voulez un café ?

-Oui merci. On va aller faire un tour sur le parking.

Après avoir recherché le moindre indice sans résultat, Karine, la serveuse arrive.

Une femme de 35 ans, assez jolie si elle se mettait un peu en valeur.

Seb sort sa carte.

-Bonjour Madame, nous aurions quelques questions à vous poser.

-Bonjour.

-Vous étiez présente hier soir ?

-Oui. Et s'adressant à Babass, vous étiez là aussi, je me souviens de vous.

-Vous vous souvenez des femmes qui étaient avec moi?

-Oui je me souviens très bien, Stéphane, un ami, plaisantait avec ça. En disant que ce n'était pas normal qu'il soit seul et que vous, vous étiez avec deux belles femmes.

Babass lui montre la photo de Myriam.

-Quand je suis parti, elle est restée seule, vous vous souvenez?

-Oui, elle est partie peu de temps après.

-Et ces deux hommes?

-Oui, ça ressemble vaguement à un type qui était là. Sympa, un peu dragueur mais pas lourd.

-Vous pouvez affirmer que c'est l'un d'entre eux?

-Il leur ressemble,mais je ne peux pas être formelle. Il faisait sombre et je ne l'ai pas tellement regardé. En plus il n'a pas quitté sa casquette qui lui descendait sur les yeux. Et vous savez il y a beaucoup de monde, c'est pas évident de se rappeler de tout. En plus, la lumière tamisée, la casquette, c'est pas évident vous savez.

-Comment a-t-il payé ses consommations?

-En liquide.

-Vous savez s'il est parti en même temps que la fille?

-Il est parti un peu avant, en fait juste après vous.

Seb réfléchit à toute vitesse.

-Vous pourriez passer au commissariat en début d'après midi?

-Oui, vous pouvez me dire ce qu'il se passe?

-Il y a eu un meurtre, et tout porte à croire que ça a commencé au bar.

-Et vous pensez que c'est lui? Moi je ne veux rien avoir à faire avec lui, vous comprenez.

-Vous inquiétez pas, on explore toutes les pistes. Vous n'avez rien à craindre, faites-moi confiance. Je vous attends pour 13h30 ça va?

-D'accord.

Ils prennent la direction du service.

-Tu me fais borner les téléphones de nos deux amoureux. Ça nous donnera une idée. Et va falloir les entendre quand même.

-Ça se précise on dirait. Mais ça reste mince.

-On a que ça pour l'instant, alors on prend.

-J'envoie les gars.

-Ça peut être l'un ou l'autre. Ou rien du tout. Maintenant, il nous faut des preuves. Dépose-moi au service et va interroger sa femme. Vois ce qu'il a fait hier soir.

A peine arrivée à son bureau, il est attendu par les gars de l'IJ.

-Alors?

-On a un poil de chat trouvé sur le corps. Et un autre dans le coffre de la première voiture.

-Babass?

-Yes.

-Il me faut un poil du chat de MARAITRE, démerde-toi.

-Pigé, tu l'auras. Philippe aussi à un chat. Pareil ?

-Pareil.

-Reste à savoir si ça correspond. Ça commence à se resserrer. Il ne faut rien lâcher. Magne-toi.

-Je vole, je vole. Je passerai prendre des sandwichs. Je suppose qu'on bouffe au bureau.

-Tu supposes bien. Dis-moi don Juan, ta conquête d'hier, elle se souvient peut-être de quelque chose.

-C'est prévu. Je compte la voir ce midi.

-Pour une fois, je vais t'encourager à garder un œil sur elle. Elle est peut-être en danger aussi.

-Protection très rapprochée.

-Là-dessus je te fais confiance.

-Va quand même falloir que je lui annonce la nouvelle, si elle n'est pas déjà au courant. Pas une visite super agréable non plus, tu sais.

Pour un deuxième rendez-vous, c'est loin d'être idéal. Mais pas le choix. Faut assumer aussi ce côté-là. Et, bizarrement, il avait envie d'assumer ce côté-là. Il avait juste envie d'être avec elle. Un grand changement dans sa vie. Si ça se concrétise, c'est même un sacré bouleversement dans sa petite vie de célibataire. Mais à ce moment précis, il n'avait pas envie de trop se poser de questions. Juste de vivre l'instant présent et se laisser aller.

L'affaire avance bien. Les indices montaient tous jusque Marc. Mais Seb sait, par expérience, que ce n'est pas gagné forcément. Le tueur est gaucher. Marc non. Mais maintenant on a ce Philippe ? Faut tout vérifier.

L'homme décrit par la serveuse est quelqu'un sûr de lui. Il s'exprimait avec charme et draguant intelligemment. Marc est introverti, timide, sans aucune assurance. Ça ne colle pas avec le personnage. Et Philippe n'a pas l'air d'être un tombeur professionnel non plus. Et il est amoureux de Marc. Il ne se serait pas comporté comme ça. Ou alors il cache super bien son jeu.

Une chose est certaine. Marc est la clé de l'enquête. Son professionnalisme l'oblige à rester objectif, et ne pas s'emballer sur les preuves qui s'accumulent autour de lui. Il doit, soit avoir des ennemis, soit avoir un admirateur fou qui prend sa défense systématiquement. Et un admirateur, on en a un justement.

Sa femme est une victime potentielle de ce malade. Leur mariage prend l'eau. Elle a toujours dirigé sa vie. Et il a pris la décision de la quitter. Donc séparation difficile, engueulades avec des mots durs. Il va la mettre sous protection discrète. Éviter un troisième meurtre va devenir plus important que l'enquête elle-même. Voilà pourquoi il détestait les meurtres en séries. Trop de critères à prendre en compte. Trop de victimes potentielles. Il fallait trouver les bonnes, ne pas se planter et les protéger du mieux qu'on pouvait. Mais pour ça il fallait du monde. Et même avec l'ensemble de l'équipe, il va en manquer justement, de monde.

Maintenant, tous ceux qui pourraient dire du mal de Marc sont des futures victimes en puissance. Comment les protéger tous. Là où elles iront, là où elles seront, le tueur sera là. Il ne faut pas le lâcher d'une semelle. Ni Philippe d'ailleurs. Pour le moment les deux suspects les plus en vue. A moins que ce soit tout autre chose. Tellement de possibilité.

Est-ce qu'on est passé à côté de quelque chose ? Tout est possible à ce stade.

On a aucune info concernant ce fameux André. Juste quelques mots sur les écoutes. Pas de nom, pas d'adresse. Il va quand même falloir abattre cette carte avec Marc. Et le faire parler à son sujet. Qui il est exactement pour lui. Ce qu'il fait, où il habite. Bref faut creuser dans toutes les directions.

Il appelle Jean-Marc, le responsable de la BAC.

-Salut c'est Seb, tu peux passer me voir?

-J'arrive.

Seb explique à Jean-Marc la surveillance à effectuer auprès de Marc et de Philippe.

-Tu me fais relever tes équipes. Je veux tout savoir de ses déplacements. Qui il voit, qui il reçoit. Prends des photos. Et on reste en contact. Si tu as besoin de monde, je te file des gars de l'équipe. Tu me fais savoir et on se débrouille.

-Pas de soucis. Mais tu vois avec le patron et tu lui expliques qu'on est bloqués avec toi. Tu comprends, les chiffres.

Seb comprend très bien. Chaque service doit rendre des comptes. La BAC particulièrement. On leur demande un rendement. Au-delà de tous les dispositifs, de chaque affaire un peu intéressante, le patron réclame des chiffres cohérents et corrects chaque mois. *La politique du chiffre…*

Jean-Marc sait qu'une telle surveillance va diminuer ce chiffre. C'est un sujet un peu tabou. Rien d'officiel. Néanmoins il faut du résultat. Et encore plus avec ce patron-là. La qualité, il s'en fout complètement. D'un côté il faut du chiffre niveau arrestation, de l'autre, des faits élucidés. Et il est content avec ça. Une arrestation d'un gars avec 1 kg de shit ? Lui il en préfère 1000 avec 1gr. Voilà voilà…C'est con, mais avec certains c'est comme ça. Et avec lui, ben, c'est comme ça.

-T'inquiètes, le patron je m'en occupe. De toute façon, se dit-il, il n'a pas le choix. Soit il a son « chiffre » de merde. Soit il a les félicitations pour une grosse, très grosse affaire élucidée. Il est con mais pas à ce point là. Les lauriers et les félicitations de tout le monde ça le fait bander ce con.

-Ça marche, on s'y met de suite. Je vais organiser les équipes.

On va pas le lâcher, tu peux me faire confiance.

Et en quelques coups de fils, la surveillance est rapidement mise en place par les effectifs de la BAC. Rodés à ce genre d'exercice, ils savent se faire discrets tout en restant collés à l'objectif. Des années de pratiques et quelques désillusions de débutants leur ont apportés l'expérience nécessaire pour être au top. Ou en tout cas s'en approcher.

-Olivia ? C'est Bastien.

-Bonjour, comment vas-tu ?

-Il faut que je te voie.

-J'ai très peu de temps pour manger, je reprends à 13h30. Mais on se voit ce soir comme prévu si c'est toujours OK pour toi.

Bastien lui plaît beaucoup. Mais elle ne veut pas aller trop vite et lui donner de faux espoirs si ça ne marche pas. Pour lui comme pour elle d'ailleurs. Si tu veux que ça fonctionne, ne fais pas comme d'habitude pense-t-elle.

-Olivia, c'est important. Je suis en bas, je t'attends.

Elle sent au ton de sa voix qu'il se passe quelque chose d'important.

Connaissant sa profession, elle sent une inquiétude monter. Dans ces cas-là, on pense au pire. Sans trop savoir ce que peut être le « pire ». Mais notre inconscient se met en mode alerte et pense au pire.

Lorsqu'il lui explique la mort de Myriam, en choisissant ses mots pour ne pas trop rentrer dans les détails sordides, elle s'effondre. La prenant dans ses bras, il la console comme il peut. Apprendre la mort de quelqu'un de proche lorsqu'on a passé la soirée avec elle la veille marque encore un peu plus le chagrin. On sent comme une légère culpabilisation. Est-ce que j'aurais pu faire quelque chose pour la sauver ? Si on avait été ailleurs elle serait encore là. On aurait dû rester avec elle et ne pas partir comme on l'a fait. Autant de questions qu'on se pose qui augmente le chagrin. Et forcément elle se les pose.

-Olivia, est ce que tu aurais remarqué un homme seul hier soir, un détail ?

-Non, vraiment, je n'ai rien vu de particulier. Et puis je ne regardais pas les autres hommes se dit-elle. C'est pas trop dans mes habitudes.

-Regarde ces photos, ils ne te disent rien ?

-… Non, c'est l'un d'entre eux ?

-Je ne sais pas encore, mais on y travaille.

-Tu crois qu'il m'en veut aussi ?

-Non je ne crois pas, mais je ne serai pas loin.

-J'ai peur. Apprendre sa mort et savoir que son assassin est toujours en liberté.

Le regardant dans les yeux. Se sentant vulnérable, et à la fois protégée par cet homme qu'elle ne connaît pourtant pas, elle s'abandonne à lui faire confiance. Par peur. Par l'envie d'être protégée et peut-être aussi, un peu, par envie tout court. Le besoin d'être réconfortée et protégée prend le dessus sur tout le reste.

-Je vais appeler sa mère. J'irai la voir ce soir.

-Je peux venir avec toi si tu veux.

-Je te remercie. Je ne préfère pas. Je t'appelle quand je sors de chez elle.

-A l'heure que tu veux.

-… J'ai peur Bastien.

-Je sais, je resterai près de toi, ne t'inquiète pas. On va les surveiller de près.

Après un léger baiser sur la joue, la main posée sur ses hanches, de manière très chaste mais avec beaucoup de tendresse malgré tout, il la quitte pour retourner au bureau. Babass n'est plus le même d'un coup. Envolée son envie de célibat et de dragueur invétéré. Envolée l'envie de séduire pour séduire. Elle lui plaît simplement. Ça se commande pas. Quand ça arrive, ben ça arrive. Il n'y a qu'à se laisser aller et profiter de chaque instant. Tout simplement. Sans se poser de questions à savoir si c'est la bonne ou pas. Juste profiter.

-Tu m'appelles quand tu veux, dès que tu es dispo OK ?

-D'accord.

Olivia est bouleversée. On le serait à moins. Mais elle doit aller voir la mère de son amie, et l'épauler. Sa seule véritable amie. Pourquoi elle…

Le pourquoi, nous le connaissons pourtant. Effectivement Marc est au cœur de tout ça. Et elle a eu le malheur de le critiquer. De l'insulter en le traitant d'assassin. Le malheur de se moquer de lui. Serait-il coupable comme toutes les preuves l'attestent ? Philippe ? Par amour ? Ou bien un autre…

Philippe est nerveux. Il s'est aventuré un peu plus loin de son côté « hacker » et à pirater le service de police. Perdu pour perdu, il s'en fout un peu. Et il sait que tôt ou tard, il devra tout avouer à Marc. Il s'y prépare mentalement. C'est inévitable maintenant. Il a quand même prit soin de mettre des sécurités dans son piratage afin, tout au moins, de retarder le fait qu'ils s'en aperçoivent. Il est en train de lire les auditions, et quelques annotations sur l'enquête. C'est pas possible qu'ils le croient coupable. Quelle bande de cons. Ils vont le foutre en prison. Comment je vais faire. Je vais devenir quoi moi, sans lui. Il sait très bien que son piratage peut le conduire également en prison. Mais il s'en fout. Ça n'a pas vraiment d'importance. Au point où il en est, et s'il peut l'aider, alors tant pis pour les conséquences. Mais s'ils croient que je vais les laisser faire sans bouger. Sans tenter quoi que ce soit pour l'aider ils se fourrent le doigt dans l'œil. Je me battrai jusqu'au bout pour lui. Même s'il ne veut pas de moi. Même si son amour reste impossible. J'irai jusqu'au bout.

13h30, Karine arrive au commissariat. Marc est déjà là avec Philippe. Ils attendent dans un bureau à côté de celui de Seb.
Philippe regarde son ami qui ne comprend pas sa présence. Il se lance, penaud, dans l'explication de son piratage ainsi que de ses sentiments. Difficilement au début, mais il préfère se lancer avant que la police lui explique ce qu'il a fait. Une explication sincère avec ses mots à lui vaut mieux que ceux de la police. En temps normal, Marc aurait réagi à son écoute. En bien ou en mal, il ne peut le dire, mais il aurait réagi. Là, il se

contente de rassurer son ami en lui réitérant son amitié. Mais que malheureusement il n'a pas les mêmes sentiments. « Tu comprends je ne suis pas attiré par les hommes, mais je suis très flatté par ta déclaration ».

Philippe se sent soulagé. Maintenant qu'il a avoué à son ami ce qu'il a sur le cœur, la police peut dire ce qu'elle veut. L'arrêter lui. Pas grave. Il s'en fout.

Seb reçoit Karine.

-Entrez, je vais faire venir deux hommes, vous allez me dire si vous reconnaissez l'un d'entre eux qui était présent hier OK ?

-Ça me fait un peu peur.

-Ne vous inquiétez pas. Ils sont dans le bureau d'à côté et vous le verrez derrière une glace sans tain. La protection des témoins et éventuelles victimes est primordiale dans tous les cas. Mais à plus forte raison dans cette affaire, où le risque est énorme.

Une fois que Babass a placé Marc et Philippe dans le bureau et tournés vers la glace, Seb se met de l'autre côté avec Karine.

Elle les regarde attentivement.

-Ça peut être l'un d'eux. Il y a un air de ressemblance, mais je ne peux pas être formelle. Ils ne sont pas habillés pareil. Et puis il y avait la casquette. Alors je ne peux vous dire s'il avait des cheveux ou pas. Vous comprenez, en plus avec la lumière tamisée on ne voit pas grand-chose. Les habitués je les connais mais là, c'était la première fois que je le voyais alors...

Après lui avoir fait signer sa déposition, il retourne dans le bureau, et commence l'audition de Marc. Philippe, quant à lui est entendu par Babass dans un autre bureau.

-Vous êtes sorti hier soir ?

-Hier soir ? Non, je n'ai pas bougé de chez moi. Je me suis couché de bonne heure.

-Votre femme était avec vous ?

-Non, on fait chambre à part depuis quelques jours. Je dors dans mon bureau.

-Elle s'est couchée de bonne heure ?

-Oui, elle regarde la télé au lit. Mais je vous assure, je ne suis pas sorti.

-On cherche juste à comprendre. Vous avez un frère ?

-Non, une sœur qui habite à Lille.

-Pas de famille dans le coin ? Un cousin qui vous ressemble ?

-Non.

-Merci.

Il fait signe à son collègue, lui demandant de s'en occuper.

Babass, de son côté n'a pas plus de renseignements probants. Philippe était seul chez lui. Il n'est pas sorti. Mais rien ni personne ne peut l'attester. Et de plus... il est droitier également.

A 14h00, le graphologue appelle Seb.

-Monsieur BROUSS ? J'ai vos résultats.

-Alors ?

-Ce n'est pas lui. Aucune corrélation dans les deux écritures.

-Merde. Il n'aurait pas pu changer sa façon d'écrire ?

-Non, c'est impossible. Même en le faisant, on retrouve des similitudes dans certaines lettres. On arrive à recouper. Dans le cas présent, je suis formel. Il s'agit de deux personnes différentes.

-Je vous remercie. Je vous envoie quelqu'un. Il y a un deuxième suspect que j'aimerais que vous étudiiez.

-Pas de problème.

Il ré-auditionne Marc qui lui réaffirme ne pas être sorti la veille.

-Vous n'avez pas observé des choses inhabituelles, un comportement un peu bizarre d'une personne qui vous est proche ?

-Non, vous savez, je ne vois pas grand monde. A part dans mon boulot. Et depuis hier, je suis en congé forcé à cause de cette affaire.

-Je comprends. Un certain André ça vous dit quelque chose ?

Là, Marc est troublé. Comment pouvait-il savoir à propos d'André ? Après un petit silence, il se lance. De toute façon, se dit-il, qu'est ce qui pourrait arriver de pire. André n'y est pour rien dans cette histoire.

-C'est juste un ami.

-Vous le connaissez depuis longtemps ?

-Non pas très. Il réfléchit quelques secondes et se décide à raconter l'histoire de sa rencontre avec son ami. En expliquant tous les détails. Son suicide avorté. Son arbre. Son aide précieuse pour le guider, le rassurer. Seb commence à y voir un peu plus clair. En tout cas, ce André rentre parfaitement dans l'équation des suspects. Mais à part les appels téléphoniques, Marc ne peut lui donner d'autres renseignements à son sujet. Il ne connaît pas son adresse, ni son nom.

-Je suis désolé commandant. Je lui parle simplement au téléphone, et il m'aide beaucoup dans mon changement de vie actuel. C'est tout.

-Pas de soucis. Je vous remercie.

L'arbre. Il comprenait maintenant pourquoi les deux victimes ont été accrochées au même arbre. Tout lui est relié, l'endroit, les brimades et insultes le concernant. Mais pas de preuves tangibles pour l'accrocher. 3 suspects. Et des beaux. Chacun d'eux avait une raison de commettre ces crimes. Seul André reste une énigme. On ne peut le remonter par son téléphone. Et il ne voit visiblement pas Marc depuis leur rencontre.

Tant qu'il ne se montre pas, ça ne va pas être évident. Mais en suivant Marc et Philippe, son intuition lui disait qu'il était sur la bonne voie malgré tout.

Pour l'instant, il faut le laisser libre. Faire confiance au dispositif mis en place. Ne pas s'éparpiller. On va faire borner les 3 téléphones. L'équipe va avoir du boulot dans les heures à venir. Mais ça vaut le coup. Ils auront tout le temps de prendre des congés une fois l'affaire bouclée. Surtout ne rien lâcher à ce stade. Continuer d'avancer en gardant la même logique de recherches.

Un jeune collègue s'avance d'un pas gauche vers lui. Le regard fatigué de quelqu'un qui a très peu dormi. Et qui, de ce fait à, temporairement (ou pas) l'intelligence d'une tasse ébréchée noircie par des années de café, qu'on ne veut pas jeter pour d'obscures raisons, mais dont on ne se sert plus.

-Commandant, un paquet pour vous.

-Qui l'a livré ?

-Ben... la poste.

-Seb le regarde, s'apprête à lui dire autre chose, mais voyant le regard hagard de son jeune collègue, laisse tomber. Persuadé

d'entamer, dans ce cas, une conversation stérile qui de toute façon ne va aboutir à rien.
-Merci.

Même enveloppe, même emballage. Seb sait très bien ce qu'il renferme. Il contient une colère qu'il sent monter. Il regarde Babass, ils ne se disent rien. Pas la peine. D'abord un café et une clope. Ça va détendre avant d'ouvrir cette merde.

En l'ouvrant avec des gants, il ne peut que constater ce qu'il savait déjà, la langue de la deuxième victime. Petite nouveauté cependant, il y a un mot également.

Ne vous trompez pas de cible mon cher commandant. Laissez donc ce malheureux Marc refaire sa vie sans l'importuner et concentrez-vous à ma recherche… Si vous le pouvez. Dans le cas contraire, j'en serais extrêmement déçu.

Un mini poème accompagne le mot :

Vaillant gardien de l'ordre
Sois à la hauteur de la partie
pour finir sans te faire mordre
en perdant la langue et l'en vie

Il commence à me les briser menu ce con. Il suit le moindre de nos faits. Ça confirme une chose. Il est dans l'entourage de Marc. Ou c'est lui.

Si c'est le cas, il est vraiment fort. Un putain de bon comédien.

Le colis est envoyé à l'IJ. Même s'il se doute qu'ils ne trouveront rien, il faut toujours avancer... Avancer.

Il va bien finir par se planter. Il faut juste être là quand ça va arriver.

Il contacte également Max. Une intuition. Peut-être que l'autre con continue son piratage. Ça expliquerait les choses. Et de toute façon, ça coûte rien de se mettre au boulot dessus.

Babass qui est resté avec Seb, sort du bureau et appelle la femme de Marc. Celle-ci confirme que son mari s'est couché de bonne heure. Juste avant elle.

Elle ne saurait dire s'il est ressorti après. Elle n'a pas entendu de bruit.

Ce n'est pas dans ses habitudes, mais, comme depuis l'annonce du divorce, elle le trouve changé, elle ne sait pas.

Après lui avoir demandé de passer signer ses dires, il raccroche, avant de revenir vers Seb.

-Rien du côté de sa femme. Il s'est couché comme il l'a dit. Elle n'a rien entendu après. Et puis on a ce fameux André aussi. On a toujours rien sur lui.

Et ce poème qu'il t'a envoyé, c'est un nouveau, on a rien à ce sujet dans son ordi.

-Mouais, il continue sa logique de merde. Concernant ce André, pour l'instant, c'est juste un ami. Y a rien qui le raccroche sérieusement à l'affaire.

Entre le fait de vouloir accélérer les choses en voulant des informations trop rapidement. Ce qui paraît assez logique dans cette affaire. Et celui de la patience. Ça mine. Il faut ronger son frein en permanence. Entre la logique de tout un chacun et le professionnalisme d'un enquêteur chevronné il y a un gouffre. Que l'on est souvent tenté de franchir. Mais il faut continuer, en étant patient avec certains détails. Il faut souvent se planter au début pour comprendre tout ça. Pour que le métier rentre. L'expérience et le partenariat d'anciens font que cela rentre. En tout cas pour les meilleurs. Et Seb le sait.

De son côté, le bornage des téléphones ne donne rien. Ou plutôt un détail quand même. Marc et Philippe se trouvaient bien chez eux. En tout cas leur téléphone. Mais celui d'André bornait dans le même secteur que Marc. Il doit habiter à proximité. Ou alors il se trouvait avec lui hier soir. Et ça, il n'en a rien dit.

La journée se termine sans que rien ne vienne alimenter l'enquête.

Seb rentre chez lui, toujours déposé par Babass, qui en fait de même de son côté. Espérant que ce soit calme. Il doit voir Olivia ce soir. Ce serait dommage qu'un élément nouveau vienne entacher sa soirée. Surtout après l'annonce de la mort de Myriam. Il sait qu'il doit être auprès d'elle et que ça va, forcément, ne pas être la joie. Peu importe, il sera là.

A 20h30, Seb est sur le canapé avec sa femme, à regarder la télé. A moins que ce soit la télé qui le regarde. Il a l'esprit ailleurs. Il essaye de gamberger sur l'affaire. Se remémore toutes les auditions, la moindre discussion avec les témoins ou ses collègues. La plus petite mimique observée sur tous ceux qui touchent de près l'affaire. Et surtout ce Marc. Il est une intrigue. Victime ou auteur, mais au centre de toute l'enquête. Sa femme le laisse, elle le connaît par cœur. Mais au moins il est près d'elle. Elle doit s'en contenter. Du moins pour l'instant. Être femme de flic à son lot d'inquiétudes, de peur. Pendant des années, elle ne savait pas à quelle heure il allait rentrer. Au moins maintenant il avait des horaires assez fixes. Mais avec cette affaire, elle se revoyait quelques années en arrière. Avec l'inquiétude de ne pas le voir rentrer. Ou qu'il soit blessé, plus ou moins gravement lors d'une arrestation.

Il a beau savoir tout ça. Il ne peut s'empêcher de penser à l'enquête. Son esprit est focalisé dessus. Il faut dire que les enjeux sont assez élevés. Éviter à tout pris un 3e meurtre. Éviter que l'affaire traîne en longueur. Dans ces cas-là, on s'en prend toujours aux mêmes. Il le sait. Il l'a souvent assumé. Mais il ne veut pas terminer sa carrière sur une mauvaise note. Question de principe. Ou de fierté. Il veut l'amener au bout avec de beaux aveux et un procès qui ne laissera aucun doute sur la culpabilité de l'auteur.

De son côté, Babass, seul chez lui, joue de la guitare. Dans sa jeunesse, il a fait parti d'un groupe de rock. Quelques petits concerts dans les bars de la région, toujours en amateur. Mais ça détend. Sa façon à lui de faire le vide. De se ressourcer pour être au mieux dans son boulot. Et puis ça reste une passion. Jouer c'est une façon de s'évader. De prendre du plaisir. Il a branché sa guitare électrique, une Fender Stratocaster, qu'il s'est offert quelques années plus tôt, à son ampli Marshall. Du gros son bien rock. Avec le casque, bien entendu, à cause des voisins. Jouer tard le soir dans un appartement peut amener quelques désagréments de voisinage si on ne fait pas les choses correctement. Surtout pour un flic. Je dis surtout, parce que les voisins ne se priveraient pas de le souligner en cas de tapages intempestifs. Pour tout le monde, un flic doit donner l'exemple. Il n'a pas le droit à l'erreur. Il n'est pas comme tout le monde. Il a choisi, il doit assumer sa fonction.

D'ailleurs, son habitude de flic, qui ne le quitte jamais, lui a fait mettre son téléphone sur vibreur dans la poche. Être joignable à n'importe quel moment. Surtout en ce moment. Il se rend compte qu'il attend avec une impatience qui ne le caractérise pas habituellement l'appel d'Olivia. En général c'est un signe que l'on ressent comme étant amoureux. Là, Babass ne se pose même pas la question. Il faut dire que leur rencontre ne se fait pas tout à fait dans les règles de l'art. C'est pas banal quand même. Il attend donc son appel avec impatience, mais sans la pression habituelle de se demander si c'est la bonne ou pas. Y a au moins un point positif avec tout ça.

Dieu merci, les affaires comme celle qui l'occupe aujourd'hui ne sont pas monnaie courante.

Il est donc en train de faire courir ses doigts sur le manche de sa guitare pour sortir les notes de « Nothing else matters » de Métallica. Un groupe qu'il affectionne particulièrement. Il a perdu un peu en dextérité, mais il reste malgré tout un bon guitariste.

Son téléphone se met à vibrer.

Le casque et la guitare sont posés en deux secondes. Il sait qu'à cette heure-là, ça ne peut être que Seb ou...Olivia.

-Bastien ?

Il reconnaît tout de suite la voix d'Olivia. Elle est quand même beaucoup plus sympathique à entendre que celle de son chef. Même s'il l'aime bien. Elle lui plaît vraiment. Un peu différente des autres. Il ne ressent pas la même chose.

Peut-être que je suis prêt à passer à autre chose qu'une aventure d'un soir. Il s'était donné du temps pour vivre sa vie. Profiter de tout. Des femmes, du plaisir. Peut-être ce temps-là est-il révolu.

-Bonsoir Olivia, comment vas-tu? Tu tiens le coup?

-Je sors de chez sa mère, c'est dur, mais je ne veux pas te déranger.

-Tu ne me déranges pas du tout.

-J'avais besoin de parler.

-Je suis de repos, sauf si on m'appelle. Tu veux que je passe?

D'habitude réservée avec les hommes, elle s'entend dire oui.

C'est peut-être le fait qu'il soit de la police et que je me sens protégée, vu ce qui arrive. Malgré tout, elle ressent quelque chose pour lui. Il est gentil et prévenant. Il est beau et bien foutu. On verra bien ma belle, ne fais aucun plan et laisse faire les choses. C'est une sensation qu'elle a du mal à gérer. Un mélange de sentiments naissants et de culpabilité vis-à-vis de ces mêmes sentiments en de pareilles circonstances. Mais en ce moment, elle avait un grand besoin de réconfort. Son amie morte. Sa seule véritable amie et confidente depuis des années, sauvagement assassinée par un tueur. Pourquoi elle? Est-ce qu'il les choisit au hasard ? Est-ce qu'il l'attendait?

Elle a suivi l'affaire aux infos. Ça à l'air encore plus terrible à la télé. Les journalistes, au top de leur forme, narrent l'histoire avec un ton et des images qui font ressortir tout le côté sordide. La photo de son amie mise en plein écran au journal de 20h00 ne fait qu'attiser sa douleur.

Lorsque cela ne nous touche pas de près, on écoute, se disant que c'est incroyable. On en redemande même. On zappe sur les différentes chaînes d'infos. Toujours plus d'images à se mettre sous la dent. Curiosité morbide dont beaucoup se réjouissent. Mais là, c'est l'horreur. Alors merde pour les principes. Pour les «j'attends un peu avant de le recevoir chez moi». Elle a juste «pas envie» d'être seule ce soir. Et elle a peur.

Jamais elle n'aurait pensé aller avec un flic. Par contre, elle a, dans sa vie, attirée tout un tas de parasite humain. Le dernier alliant les insultes et la violence. Comment ne pas être déçue par la nature humaine de l'homme. Comment en rechercher le contact. Certes elle n'a pas été comme son amie victime d'un homme violent (en paroles surtout) pendant des années. Mais elle n'a jamais rencontré « le bon ». Celui qu'elle attend, qui la fera vibrer. Lui donner des petits papillons dans le ventre. Juste un homme aimant et attentionné. Lui donnant l'amour et la tendresse. L'attention et la bienveillance d'un soutien indéfectible.

C'est Myriam qui l'a amené à revoir un peu son jugement. S'il y a un nombre incalculable de salauds, il y a des tas de mecs bien. Gentils. Attentionnés. Alors pourquoi pas elle…

Babass prend une petite douche, se change et prend la route.

Il est 21h30 lorsqu'il arrive chez elle.

La soirée chez Olivia se passe sereinement. Est-ce que sans le meurtre de son amie, elle se serait laissée aller de la même façon ? Peut-être pas. Elle n'a pas trop envie de se poser la question. Babass n'a pas l'envie de pousser plus avant cette relation. Il a envie de prendre son temps. De laisser faire le temps. Lui qui, d'ordinaire fuit les relations durables depuis sa séparation, se sent, avec elle, devenir quelqu'un d'autre. Et puis, au vu de ce qui se passe, il le sait, Olivia a juste besoin de réconfort et d'une présence pour le moment. Ce qu'il va lui donner. Juste content d'être avec elle.

La soirée se passe simplement à discuter de Myriam, d'elle et de lui. Juste une soirée pour ne pas être seule, ne pas trop penser. Ne pas trop souffrir. Être écoutée, rassurée.

Et lorsqu'une histoire comme celle-là débute. Qu'on se sent bien. On parle, on écoute. L'envie de découvrir l'autre. Ce qu'il aime. Ce qu'il n'aime pas. Ses attentes. Ses craintes. Souvent en une soirée, on peut connaître beaucoup de choses sur l'autre. Si on prend le temps d'écouter. Certes, il faut du temps pour connaître quelqu'un, mais l'essentiel peut être fait en une soirée, si on prend le temps de s'écouter. De se dévoiler un minimum. Et puis, arrive-t-on à connaître vraiment quelqu'un, même après de longues années. Il y a toujours un risque. Le risque que ça s'arrête. Le risque d'être déçu un jour. Mais alors on ne ferait jamais rien. Il faut se contenter, je pense, de profiter de chaque instant de bonheur. Profiter simplement du présent que chaque journée apporte.

23h30, le téléphone de Seb se met en marche. Il décroche rapidement pour ne pas réveiller sa femme.

-Seb ? C'est Jean-Marc.

-Je t'écoute.

-Marc sort, on est derrière lui.

-OK, ne le perdez pas. Dès qu'il se pose tu m'appelles. C'est bon les gars.

-Je te tiens au courant.

Il raccroche et appelle son collègue.

-Babass ?

-Ouais, du nouveau?

-Ouais, il sort. Les gars sont derrière lui. Passes à la maison, on va y aller.

-J'arrive.

Marc, au volant de sa voiture, roule tranquillement, OUÏ FM diffuse « cocaïne » d'Eric Clapton.

Il sifflote, accompagnant le riff de guitare. L'air heureux. Un petit sourire aux lèvres. Son costume habituel, mal taillé, son éternel pull, tout ça était rangé et laissait place à un jean, petite chemise et blouson de cuir.

Ça le change radicalement. Un autre homme. Était ce bien ce Marc chétif que l'on connaît?

Il s'arrête à un bureau de tabac au niveau de la gare. Ouvert tard dans la nuit.

Il en ressort quelques minutes après. S'arrête sur le trottoir et allume une cigarette, avant de repartir en voiture. Il n'a pas remarqué l'équipe de la BAC qui le suit toujours, et le mitraille de photos. Il faut dire qu'ils sont aguerris à la filature. Laisser assez de distance pour ne pas être repérés, sans être trop loin non plus. Tout un art. Toute une expérience mise au service de l'enquête.

Olivia comprend de suite qu'il va devoir la quitter.

-Un nouvel indice ?

-On suit une piste. Ce n'est peut-être rien de grave. Mais il faut que j'y aille. J'aurai plus de temps une fois l'affaire terminée.

-Je comprends.

-Écoute, ça te dit de me recevoir pour le petit déjeuner demain matin ? Je fournis les croissants.

-Pourquoi pas. Mais si tu rentres tard, repose-toi. On peut se voir plus tard.

-T'inquiètes pas. Ton heure sera la mienne.

-OK, vers 09h00 ?

-On fait comme ça. Essaye de dormir un peu.

Il la prend par la main, l'attire légèrement vers lui et avance son visage lentement vers le sien pour lui déposer un baiser tendre sur la bouche.

Ce geste, presque machinal, et malgré la situation, est comme une évidence pour eux deux. Ils ne se posent aucune question. Cela leur semble juste naturel. Et l'un comme l'autre a juste envie de profiter de ces moments. Juste se laisser vivre. Et se laisser doucement aimer. Doucement profiter d'un soutien mutuel. D'un doux réconfort de la présence de l'autre. Le premier baiser, c'est souvent le plus important. Comment il se fait. Comment on le reçoit. Ça encourage pour la suite comme ça peut décevoir d'un coup.

Il monte rapidement dans sa voiture et fonce chercher Seb.

-Salut, tu dormais ?

-Ouais et toi ?

-Non, j'étais chez Olivia.

-Olivia ?

-La copine de Myriam, celle que j'ai rencontré hier soir.

-Ha yes, pardon, alors ?

-Tranquille.

-Quoi tranquille, elle te plaît ou t'as juste envie de la séduire ?

-Elle me plaît. Enfin je crois. Elle est vraiment bien.

Seb éclate de rire.

-t'es amoureux toi.

-Arrête.

-Non non t'es amoureux.

-J'sais pas. Bon raconte.

-Ils sont toujours derrière. Il s'est arrêté prendre un paquet de clopes et maintenant il est arrêté sur le parking du « KORRIGAN ».

-Merde, la serveuse.

-Je sais. Je te garantis que s'il fait quoi que ce soit, on l'interpelle avant.

Il est hors de question de prendre le moindre risque. Je fais confiance aux gars de la BAC. Mais on est obligé d'attendre un minimum. Pour le moment on va l'arrêter pour quoi ? L'achat d'un paquet de clopes ?

-Dis-moi, il ne fume pas d'habitude non ?

-Non. Enfin c'est ce que je croyais.

Marc, qui est resté un moment sur le parking, fini par rentrer dans le bar.

Bonsoir, lance-t-il gaiement en passant devant Karine.

Celle-ci le regarde interloquée, et un peu apeurée.

La ressemblance est trop frappante avec l'homme qu'elle a vu l'après-midi même au commissariat. Maintenant qu'elle l'avait en face d'elle, elle reconnaissait en lui l'homme qui était présent le soir du meurtre. Même allure, même façon de s'exprimer.

Elle s'éloigne un peu, puis compose le numéro de Seb qui lui avait laissé sa carte.

Rassurée par ce dernier qui lui assure qu'ils sont derrière lui, elle continue son travail.

Il va s'asseoir à une table et commande une bière.

Seb demande aux gars de la BAC de rentrer dans le bar.

-Vous pouvez même prendre une bière si vous voulez, mais ne me le quittez pas des yeux. De toute façon, tant qu'il est à l'intérieur, il ne fera rien.

-pas de soucis.

Les trois hommes s'installent au bar et commandent chacun une bière.

Le groupe de rock de ce soir entame une version originale d'hôtel california.

Au bout de dix minutes, la serveuse s'approche d'eux et leur annonce que leur consommation est payée par l'homme seul, derrière.

C'est Marc.

Un peu surpris, ils le remercient et terminent leur bière.

L'un d'eux ressort et rapporte ce fait à Seb.

-Putain, il se fout de notre gueule. On ne le lâche pas. Mais tant pis, maintenant on va être obligé de le contrôler dès qu'il sort. Il veut jouer, on va jouer, mais là ça risque de changer de ton. Tant pis, j'aurais aimé avoir plus d'éléments, mais on ne peut pas prendre le risque de le laisser continuer. On en sait trop.

Quelques instants plus tard, ils voient Marc sortir l'air un peu hagard. Il n'a plus la même démarche. Il semble même tituber légèrement en se tenant la tête à deux mains.

-Bonsoir Marc.

-Bonsoir.

-Une petite sortie, seul ?

-Je ne sais pas commandant. Je ne me sens pas bien. Je ne comprends même pas ce que je fais là.

-Et la bière que vous avez offerte à mes collègues !!

-La bière ?

-Il va falloir arrêter de me prendre pour un con.

-Je vous assure commandant, je ne comprends rien. Il faut me croire. Je vous ai jamais pris pour un con.

-C'est votre véhicule là ?

-Oui.

-Vous pouvez me l'ouvrir ?

Seb se met à fouiller l'intérieur sans résultat. Il ouvre le coffre et là... Bingo.

Une cordelette, des gants, un sweat à capuche.

-Babass, passe-lui les menottes.

-Ce n'est pas moi, je vous jure.

-Bien sûr. C'est quelqu'un qui vous en veut et qui a mis tout ça dans votre coffre. Et il vous a même mis dans la voiture et amené dans le bar. Va falloir arrêter ces conneries Marc. Il est 23h25, vous êtes en garde à vue à compter de cette heure. Vous avez droit à un avocat, un médecin, et le fait de prévenir un membre de votre famille.

En prenant soin de ne pas contaminer les objets trouvés dans sa voiture, Seb met chaque chose dans un sachet en plastique, en utilisant des gants.

Là, je pense que l'affaire va avancer clairement. Il est fait. Il a voulu jouer, il a perdu.

-Les gars, vous m'emmenez la serveuse dès qu'elle le peut et vous la faite auditionner. Vous appelez aussi le garage de permanence et faites remorquer sa bagnole. Personne n'y touche avant l'arrivée de l'IJ.

-OK, on peut rester au bar alors ?

-Vous ne perdez pas le nord. Ouais pour l'attendre c'est ce qui me semble le mieux.

Seb et Babass sont heureux de ce dénouement. Les meurtres vont s'arrêter. L'affaire bouclée en peu de temps. Du boulot comme ils aiment. Ils n'ont rien lâché. Ça fait beaucoup d'heures passées au boulot mais ça paye. Babass aussi est très heureux. Il est content du résultat bien sûr. Mais il pense également à Olivia. Elle sera rassurée de le savoir hors d'état de nuire. Et pour lui. En cet instant. Rien n'est plus important. Nos deux policiers sont donc satisfaits. Une affaire de pliée. Du moins c'est ce qu'ils pensent…

Arrivés au commissariat, Seb prévient le procureur, qui, de son côté est également satisfait. Ça devenait une affaire politique et très sensible. Et toutes les huiles de la région faisaient grincer le téléphone jour après jour afin de prendre des nouvelles de l'enquête. Cette pression politique et médiatique devenait très dure à gérer. Pour Seb, ça lui passait allègrement par dessus la jambe. Seulement, chaque jour. Plusieurs fois par jour, les coups de téléphone du patron commençait à le chauffer sérieusement. Et il ne sait pas s'il aurait pu garder son calme et rester courtois très longtemps. Pas trop dans ses habitudes.

-Il me faut des aveux commandant. Je veux une belle fin à cette affaire.

-Comptez sur moi, on ne va pas le lâcher. Et puis, il y a les traces ADN et le poil de chat. J'attends les résultats rapidement. Et à mon avis, ça va coller. Ça ne peut que coller. Tout coïncide.

-Parfait. Commandant ?

-Oui

-Je veux que toutes les auditions soient filmées.

-Je comprends monsieur, pas de problème.

-Que vous me compreniez bien. Ce n'est pas une question de confiance. Je ne veux pas qu'un avocat vienne nous chercher la merde pour rien.

-Pas de problème. Vous aurez ses aveux filmés.

-Je vous remercie. Tenez-moi au courant de l'avancée. Bonsoir.

-Babass, tu appelles le toubib et l'avocat. Je préviens le patron.

Une fois la visite médicale de routine faite, Seb commence son audition.

Marc est complètement ailleurs. Il ne semble pas comprendre ce qui lui arrive. Il s'assoit derrière le bureau et attend que Seb s'adresse à lui. Son mal de tête est plus présent que d'habitude. Il se sent fatigué. Terriblement fatigué. Plus envie de se battre pour essayer de se justifier. Il baisse les bras. Il capitule. A quoi bon. Il redevient ce qu'il a toujours été. Un homme soumis. Qui subit la vie plutôt que de la vivre. Il ne comprend toujours pas. Mais il arrête d'essayer.

-Vous voulez un café ?

-Non, je vous remercie.

-Une cigarette ?

-Je ne fume pas.

Seb le regarde, sans répondre, et commence son audition.

Me prend pour un con lui, pense-t-il, mais je vais le faire craquer. Va pas jouer longtemps maintenant. Il est à ma pogne.

Les premières questions banales commencent. Puis il attaque.

-Vous êtes sorti hier soir, que recherchiez-vous ?

-Je ne me rappelle pas l'avoir fait. Tout ce dont je me souviens c'est d'être sorti de ce bar et vous avoir rencontré.

-En y allant, vous vous êtes arrêté à un tabac, qu'avez-vous acheté ?

-A un tabac ?

Seb sent la colère monter. Mais il sait que la caméra est branchée, il faut garder son calme. Il veut jouer, on va jouer.

-Mes collègues vous ont suivis et vous ont pris en photo.

Il lui montre les photos de lui, allumant sa cigarette.

-Je ne comprends pas. Je ne fume pas. Je sais bien que vous ne me croyez pas. Tout est contre moi. Oui c'est bien moi sur la photo, mais je vous jure que je ne me souviens de rien.

Seb ne répond pas.

-Vous vous êtes dirigé vers le bas le « KORRIGAN ». Vous vous êtes arrêté sur le parking. Vous connaissez cet endroit ?

-Non, je n'y ai jamais mis les pieds. Il faut me croire, je n'ai rien fait.

-Mes collègues étaient à l'intérieur du bar. Vous leur avez offert une consommation.

-Non.

-Qu'avez-vous fait la veille au soir ?

-Je suis resté chez moi. J'étais fatigué. Je me sentais pas bien. Je me suis endormi de bonne heure. Mais je vous ai déjà dit tout ça.

-Vous n'êtes pas sorti de la nuit ?

-Non, absolument pas.

-Vous reconnaissez cette cordelette ?

-J'ai la même chez moi. Mais je ne sais pas comment elle est arrivée dans mon coffre.

-Cette paire de gants est à vous ?

-Oui, mais normalement elle se trouve chez moi dans une commode.

-Et ce sweat ?

-Oui il est à moi. Mais je ne l'ai pas mis dans mon coffre.

-Quelqu'un d'autre utilise votre véhicule ?

-Non, ma femme à la sienne.

-Avez-vous consommé de l'alcool ce soir ?

-Je ne m'en souviens pas. Je n'aime pas boire.

-Avez-vous un traitement médical en ce moment ?

-Non, à part des dolipranes que je prends régulièrement depuis quelque temps. Un mal de tête persistant.

-Consommez-vous de la drogue ?

-Non. Je n'en ai jamais pris. Écoutez, vous me posez tout le temps les mêmes questions. Alors finissons-en. Je suis fatigué. J'en ai marre de tout ça. Visiblement ça vous arrange que ce soit moi, alors finissez le boulot, mettez-moi en prison. Mais arrêtez toutes vos questions. Je n'ai pas les réponses. Ni aujourd'hui, ni demain. J'en ai juste marre de tout ça.

-Très bien. Vous allez signer vos premières déclarations.

-Qu'est-ce qui va se passer ?

-Pour l'instant, vous êtes en garde à vue. Je ne sais pas encore ce qui va se passer. L'enquête suit son cours. Mais c'est quand même mal barré non ? Vous êtes conscient que toutes les preuves s'accumulent contre vous ?

-Oui je sais bien. Mais je n'ai pas d'explications à vous donner. Je pourrais avoir un cachet ? J'ai terriblement mal à la tête.

-Pas de soucis.

Marc retourne dans sa cellule au sous-sol du bâtiment où, là encore, des caméras suivent ses moindres gestes. Il a l'impression d'être un animal. Un rat de laboratoire qu'on observe pour je ne sais quelle expérience. Il veut juste dormir. Et que ce mal de tête disparaisse. L'impression d'être en plein rêve, ou plutôt un cauchemar. Mais tout ça éveillé. Il est fatigué de tout ça. De toute façon, disparaître en me suicidant ou finir en prison, qu'est-ce que ça change au fond ?

C'est la première fois que je tombe sur quelqu'un refusant d'admettre la vérité à ce point là se dit Seb.

Babass entre dans le bureau.
-Et l'audition ?
-Il chique tout. Il ne se rappelle de rien. Mais c'est lui. C'est évident. Tout l'accable. Je vais le laisser mariner un peu avant de l'entendre à nouveau. Va te coucher, on se revoit demain.
-Tu es sûr ?
-Qu'est-ce que tu veux qu'on foute ce soir ? Et là de toute façon, il me gonfle. Je préfère le garder au chaud et me calmer un peu avant de reprendre. J'ai juste envie de secouer sa tête d'abruti dans tous les sens jusqu'à en sortir les aveux. Mais ça ferait mauvais genre.

-Légèrement.   Babass   sourit   aux commentaires habituels et un peu trop francs de son boss. Bon je termine un truc et j'y vais après.

Une heure après, l'avocat arrive.

-Salut maître.

-Bonsoir, je vais aller le voir. Vous l'avez auditionné ?

-Oui dès qu'on est renté.

-Et ?

-Rien pour l'instant, vous savez comme moi que les vraies questions viennent après.

-Pas d'aveux forcés hein ?

-Commencez pas à m'emmerder. Faites votre job, je ferai le mien.

Seb et l'avocat se connaissent un peu. A force de travailler à la criminelle, leurs rencontres s'étaient accentuées.

Ils ne s'apprécient pas spécialement, mais du moins   ils   se   respectent   avec professionnalisme. Et souvent, de petites phrases venaient ponctuer leur maigre conversation.

Un petit jeu entre eux.

Il est un très bon défenseur. Mais il sait aussi que Seb est un bon flic qui ne lâche rien, et, conduit très souvent ses enquêtes avec succès. Celle-ci, avec son caractère un peu particulier et son côté médiatique, lui donne l'envie de remporter le challenge. D'en chercher la moindre faille. Le plus petit détail pouvant faire basculer la procédure du côté de son client.

Seb le conduit au poste où il demande à un fonctionnaire en faction de lui amener Marc. L'avocat, un peu habitué aux lieux, se dirige vers la pièce prévue à cet effet. Une pièce fermée, ou la confidentialité entre l'avocat et son client est de rigueur. C'est plus un entretien de routine. Voir si tout se passe bien au niveau de la garde à vue. Que ses droits sont respectés (sait-on jamais se dit-il, il faut jouer sur tous les tableaux).

Marc arrive, et en voyant son avocat sent les larmes lui couler le long des joues.

Malgré son âge, il ressemble à un enfant qu'on a accusé à tort d'une bêtise , mais dont il ne sait l'expliquer. Ne comprenant pas lui-même.

-Bonjour Marc.

-Bonjour maître.

-Racontez-moi un peu ce qui se passe.

-Je n'y comprends rien. Tous les indices montrent que c'est moi. Mais je vous jure que je n'ai rien fait. Je n'ai jamais fait de mal à quelqu'un.

-Les deux victimes travaillaient avec vous non ?

-Oui c'est vrai. Maître…Il faut me sortir de là.

-J'y travaille Marc, j'y travaille. Chaque chose en son temps. Pour le moment vous êtes en garde à vue, je ne peux pas vous faire sortir. Il faut attendre. Ne répondez plus aux questions des policiers.

-Mais pourquoi ? Si je ne dis plus rien, c'est comme si je suis coupable non ?

-Ils ont l'habitude, ils peuvent vous poser des questions teintées de pièges que vous ne verrez pas forcément. Vos réponses peuvent être accablantes sans que vous ayez fait quoi que ce soit.

-Mais je veux me défendre.

-Non Marc. C'est moi qui vous défends. Faites-moi confiance. Contentez-vous de rester poli. De rester vous-même en indiquant simplement que vous désirez garder le silence et ce, conformément en application de vos droits.

-D'accord. De toute façon, je n'ai aucune réponse à leur fournir alors ça va pas être trop dur.

Marc ne comprend pas ce silence imposé par son avocat. De toute façon, il ne comprend rien à ce qui se passe dans cette affaire.

Si seulement je pouvais appeler André. Il saurait lui. Il aurait certainement la solution. L'explication. Mais je suis là, enfermé. Sans téléphone. Sans aucune liberté. Presque en prison. C'est certainement là que je vais finir. Ils ont trop de preuves contre moi. Pourquoi ce tueur s'acharne à me culpabiliser. Pourquoi moi. Qu'est-ce que je lui ai fait.

Babass et Seb quittent finalement le service ensemble pour un petit repos bien mérité.

-Alors, tu la revois quand ta princesse ?

-Je suis censé lui amener le petit déjeuner demain matin.

-Quelle heure ?

-09h00. Mais je viendrai au boulot, t'inquiètes.

-Je ne m'inquiète pas. Viens quand tu veux. S'il y a quoi que ce soit de nouveau, je t'appelle.

Il a bien mérité de prendre un peu de bon temps se dit-il. Il ne se ménage pas. Il s'est donné à fond. Comme toujours.

-OK, on fait comme ça.

-Va prendre le p'tit déj avec elle et réconforte là. C'est un ordre.

-Bien chef.

-Ta gueule.

-Merci.

Seb connaît le dévouement de son collègue pour le boulot. Son aide lui est précieuse. Il sait, sans se mettre en avant, contrairement à d'autres, apporter des solutions efficaces. Des pistes à prendre sur les nombreuses enquêtes qu'ils ont menées ensemble. Un duo magique et sympa. Un des meilleurs équipiers qu'il ait pu avoir depuis longtemps. Presque comme un fils que l'on forme pour prendre sa propre succession. Et c'est presque le cas vu ce qu'il lui reste à faire avant sa retraite.

Alors, de temps en temps, comme ce soir, il le ménage. Et là, le connaissant par cœur, il sent qu'avec cette fille, ce n'est pas comme d'habitude.

Babass n'a jamais pris de congés lorsqu'une enquête sérieuse les prenait. Il s'organise simplement autour du boulot, pour s'accorder du temps à lui. Et ça, pour Seb, c'est quelque chose de précieux. Quelque chose que les jeunes n'ont plus à l'heure actuelle. Toujours un truc à faire. Un jour à poser. Et ce, quel que soit le boulot à accomplir. Plus intéressés par leur emploi du temps, l'heure à laquelle ils vont finir, et les jours de congés à poser. Sans parler du respect. Tout fout le camp. Nouvelle génération qu'il n'apprécie pas spécialement. Pour ne pas dire pas du tout.

Le jour où on lui avait adjoint Babass, il avait fait un peu la gueule. Avec sa tête d'éternel gamin, il se demandait bien ce qu'il allait pouvoir en faire. Jouer les formateurs n'est pas vraiment ce qu'il aime, pas doué pour ça. Pas patient pour ça. Et, très vite, ce jeune flic l'avait surpris. Son sens policier, sa déduction et sa prise d'initiative n'était pas celle d'un gamin. Juste un flic. Un sacré bon flic. Pas besoin de lui montrer ou lui apprendre les choses. Il observe et retiens tout sans qu'on le lui dise.

Toujours d'humeur égale. Toujours à sortir une connerie pour amuser la galerie, sans jamais perdre le sens aigu du limier qu'il était.

Il laisse toujours les lauriers à Seb. Mais ce dernier sait que de nombreuses affaires n'auraient pas vu le jour sans son aide. Alors il l'aime bien son Babass.

-Allez à demain, et dors un peu.

-T'inquiètes, lui dit il avec un clin d'œil, moi je vais bien dormir.

Babass fait allusion aux petites insomnies dont Seb est sujet depuis quelque temps.

-Ouais, ben soit en forme demain.

-T'inquiètes, petite nuit, gros p'tit déj, et petits bisous. Si avec ça je ne suis pas en forme.

-Dégage.

-Ouais, bonne nuit à toi aussi.

La journée a été particulièrement chargée en émotions. Babass et Seb s'endorment assez rapidement. L'esprit serein d'avoir stoppé ces meurtres, qui ne se seraient, certainement pas arrêtés de si tôt sans leur intervention.

De son côté, Marc, toujours avec son mal de tête qui ne le quitte pas malgré le passage du médecin et des cachets de dolipranes, qu'il avalait un peu trop souvent, a réussi, malgré l'espace peu accueillant et l'odeur presque insupportable, à s'endormir. Épuisé nerveusement.

02h00 du matin.
Un gardé à vue appelle un des gardiens.
-S'il vous plaît, je voudrais aller aux toilettes.
Le gardien, occupé avec un autre détenu lui demande de patienter cinq minutes, puis vient le chercher.
-Vous ne dormez pas ?
-Je me suis assez reposé. C'est possible de fumer une cigarette ?
Face à des gardés à vue calme et polis, les policiers ont pour habitude de les faire fumer,

malgré l'interdiction. Toujours sous surveillance. Mais ils leur accordent ce droit, sachant qu'ils auront la paix ensuite. Les entendre hurler ou taper contre la porte toute la nuit pour une cigarette met les nerfs à terrible épreuve. Alors, autant s'acheter la paix sociale, et tout le monde s'en trouve content.

-Je vais vous les chercher dans votre fouille. Attendez.

Il revient quelques secondes après et lui tend une cigarette avant de lui allumer avec son propre briquet.

-Vous êtes au courant de mon affaire ?

-Plus ou moins. Vous savez, c'est la brigade criminelle qui s'en occupe. Moi je sais le motif de garde à vue et c'est tout. Mon boulot c'est juste de vous surveiller.

-Vous pensez que je vais prendre beaucoup ?

-Pourquoi, vous êtes coupable ?

Marc ne répond pas.

Le policier le laisse tranquille.

Faire la conversation avec les individus gardés à vue n'est pas dans ses habitudes. Et puis de toute façon, ça ne mène à rien.

-Allez, je vous remets dans votre cellule. Essayer de dormir un peu, la nuit va être longue. Et si vous ne dormez pas cette nuit, demain sera pire encore.

-Demain est un autre jour. La lumière est proche. J'aurai tout le temps de dormir si votre commandant fait son boulot correctement.

Marc s'allonge sur le banc de la petite cellule. Un sourire aux lèvres. Le sommeil finit par l'envahir. Un sommeil sans cauchemar. Sans rêve. Un sommeil profond. Le mal de tête a disparu. Peut-être bien pour la première fois de sa vie. Il dort. Serein. Sans aucune inquiétude. Sans aucune envie.

Chapitre 7
Samedi 18 novembre

Babass, après être passé à la boulangerie prendre une baguette fraîche, des croissants et des pains au chocolat, arrive en bas du bâtiment d'Olivia. Il s'est fait tout beau. Rasé de près, habillé décontracté, mais classe. Juste ce qu'il faut pour maintenir cette alchimie naissante.

On est bien en week-end. Mais il le sait, il devra passer au service finaliser l'enquête. Ce qui risque de prendre un peu de temps. Un oubli, une erreur, et c'était le vice de procédure assuré. Ce petit « vice » dont l'avocat n'aurait plus qu'à se servir pour faire libérer son client. Et ça, avec Seb et Babass, ce n'est pas envisageable. Ce serait faire preuve d'incompétence, d'irresponsabilité et d'un grand manque de respect vis-à-vis de toute l'équipe qui s'était donné à fond sur l'affaire.

Mais le pire est derrière eux. Plus de meurtre. Juste le dossier à finir et à transmettre à la justice. Justice qui sera en charge de la neutralisation de l'auteur par son incarcération. Chacun son boulot. Le leur est quasiment terminé.

A peine appuie-t-il sur le bouton de l'interphone que celui-ci lui envoie la douce voix d'Olivia lui demandant de monter.

Olivia s'est levée elle aussi de bonne heure. Une nuit agitée. Elle n'a pas beaucoup dormi. Sa copine encore très présente pour elle. Une longue douche, un léger maquillage et une petite tenue décontractée, qui mettait en valeur ses courbes sensuelles. Pour elle non plus le week-end n'allait pas être de tout repos. Elle comptait bien aider la mère de Myriam quant aux préparatifs des obsèques. L'aider dans toutes ses démarches administratives. L'accompagner jusqu'au bout. L'épauler. Elle en aurait fait autant pense-t-elle.

Quand Babass arrive sur le palier, la porte d'entrée est entrouverte. Il la pousse légèrement et se retrouve face à elle.

Merde, elle est vraiment belle.

Il s'approche et lui offre un délicieux baiser.

-Je vois que tu tiens tes promesses.

-Toujours. Enfin j'essaye. Je ne pourrai pas rester longtemps, je dois aller au boulot. Mais tu peux être rassurée, on a arrêté le tueur hier soir. Il est hors d'état de nuire maintenant. Plus rien ne pourra t'arriver.

-Tant mieux, et t'inquiète pas pour le boulot, on aura plus de temps après. De toute façon je dois aller préparer l'enterrement. Tu vas me donner un peu de force pour ça. Installe-toi, j'amène le café.

Elle aurait aimé autre chose pour cette matinée.Tout comme lui d'ailleurs. Tant pis, ce n'est peut-être pas plus mal comme ça. Ne pas précipiter les choses. Avancer doucement. Pas à pas.

C'est souvent bizarre la façon dont on réagit face à une situation comme la perte d'un être proche. On se sent vidé et on arrive à faire des choses qu'on ne ferait peut-être pas en temps normal. Dans le cas d'Olivia, c'était exactement ça. Elle se sent triste, apeurée, vulnérable, et surtout... Très seule...Alors avec Babass, cela devient forcément une évidence.

Quelque chose d'inévitable. De naturel. Il lui donne l'énergie dont elle a besoin pour surmonter cette épreuve douloureuse.

-Tu viendras avec moi à l'enterrement ? Je ne me sens pas d'y aller seule.

-Bien sûr, je serai là.

Babass, lui aussi, aurait aimé rester et passer la journée avec elle.

Au bout d'une heure. Après avoir pris le temps de prendre le petit déjeuner et de parler un peu avec elle, Babass prend la route et rejoint Seb au commissariat.

La police est un service public. Et de par ce fait, ouvert 24 heures sur 24. Néanmoins, le dimanche, c'est tout de même un peu plus calme que la semaine.

Les effectifs des brigades intervenantes sont bel et bien là au complet. Mais d'autres services sont absents. Tout ça dépend de leur régime de travail. Et de la nécessité de service comme on dit dans le métier.

Les bureaux de la police judiciaire sont vides en ce jour. Mis à part 3 membres de la brigade criminelle, venus prêter main forte pour la procédure finale. Babass rejoint Seb dans son bureau. Non sans être passé prendre deux cafés à la machine.

-Salut Babass. Alors ce p'tit déj ?

-Tranquille. Tiens je t'ai gardé des croissants.

-Merci.

-Tu l'as déjà pris en audition ?

-Non, bois ton café et on passe le prendre. On va en perquise chez lui.

Seb est plus détendu que ces derniers jours. Toute la tension est redescendue. Et même le patron, qui, quelques instants avant l'a contacté par téléphone pour avoir des détails, n'a pas réussi à l'énerver. C'est dire s'il est détendu.

-Tu crois que ça va être bon ?

-J'espère. Mais les choses se précisent quand même. On commence à avoir pas mal d'indices. Je préférerais avoir des aveux, mais ça j'en doute. C'est un super comédien. Mais je suis zen. Il arrivera pas à me mettre en rogne.

Sur ces paroles, Babass éclate de rire.

-Je veux bien prendre le pari.

-Tu verras. Il y a quelques années en arrière, oui, mais maintenant, pour moi le plus important c'est de clôturer l'affaire correctement. Et c'est quand même en bonne voie.

C'est donc dans une ambiance bonne enfant qu'ils passent au poste récupérer Marc, puis montent tous les trois dans la voiture en direction de son domicile.

Marc ne dit rien. Il a une tête fatiguée, malgré une bonne nuit passée dans sa cellule. Il semble totalement ailleurs. Résigné. Tendus mais résigné.

Toute sa vie a été une éternelle résignation. Un écrasement face aux autres. Alors pourquoi cela changerait-il aujourd'hui face aux accusations atroces qu'on lui reproche. Il ne comprend pas ce qui lui arrive. De toute façon, depuis le début il ne comprend pas. Comment pourrais-je être cet homme. Comment pourrais-je avoir commis ces crimes immondes et barbares. J'ai du mal à écraser une araignée, alors tuer quelqu'un...

Il a toujours, et beaucoup plus en ce moment, ces maux de tête qui ne le quittent plus depuis quelques jours.

Pour lui, quoi qu'il arrive, sa vie est foutue. Comment pouvait-on se relever de ça. Il regrette son arbre le dimanche précédent. Il aurait mieux fait de se balancer à sa branche. Plus de problèmes. Plus de maux de tête. Plus de questions auxquelles il ne pouvait répondre. Il en aurait fini avec cette vie de merde. Fini d'être le souffre douleur de tout le monde. Fini d'être un moins que rien. Mais il est bel et bien là. Menotté dans une voiture de police. L'impression d'être déjà conduit à l'échafaud. Le fait de vouloir changer sa vie ? Il y a cru. Vraiment. Il a cru aux conseils d'André. Il était content de prendre ses nouvelles décisions. Pour lui c'était en bonne voie. Nouvel appartement. Il se dit qu'il n'y aurait même pas goûté ne serait-ce qu'une nuit. Et puis finalement, ce André, je ne le connais pas plus que ça. Pourquoi il m'a mis tout ça dans la tête. J'étais un pauvre ringard c'est vrai. Mais un homme libre en tout cas. Maintenant, quoi qu'il arrive je suis un homme foutu. Toutes les preuves sont contre moi. Le monde entier est contre moi. Alors à quoi bon se battre. Plus envie. Plus envie de rien. Juste que ça s'arrête une bonne fois pour toute. Alors qu'ils se dépêchent de faire leur boulot et qu'on en parle plus. Mettez-moi au fond d'un trou si vous voulez mais laissez-moi tranquille.

Dans la voiture, le silence est pesant, et semble réduire l'espace. L'impression grandissante pour Marc d'être déjà enfermé.

Sa femme, Nathalie a été prévenue de la garde à vue de Marc. A la demande de ce dernier. Elle n'est donc pas surprise de les voir arriver.

Elle s'inquiète juste pour les voisins. Le « qu'en dira-t-on ». On ne peut empêcher les gens de parler. Elle qui l'a fait à maintes reprises pour les autres, elle en est le sujet aujourd'hui. Et ce n'est pas des plus agréables. On se sent honteux. Innocent et pourtant honteux d'une telle situation à vivre. Passer de l'autre côté fait réfléchir. Quand ça arrive aux autres, on aime en parler. Chacun y va de son avis. On est souvent plus sûr que la police. « c'est lui, c'est certain, je ne comprends pas qu'il ne soit pas encore en prison ».

On l'a tous fait. Jusqu'aux infos à la télé relatant un fait divers. Personne ne peut s'empêcher d'avoir un avis. Souvent dévastateur pour l'homme ou la femme interpelée. Dans chaque foyer, si on devait incarner un jury populaire, le verdict ne tarderait pas à tomber. Coupable, crierait-on. Vous ne l'avez jamais fait ? Ou jamais entendu ? Et Nathalie l'a fait, bien entendu à maintes reprises. Mais là, c'est pas pareil. Ça la touche elle. Et là ça compte plus. Elle n'en veut pas des ragots. Pas à son sujet.

Nathalie se tient dans la cuisine lorsqu'elle voit les policiers arrivés en compagnie de son mari.

Au moins, les menottes ne se voient pas se dit-elle. Elle leur ouvre la porte afin qu'ils rentrent rapidement à l'intérieur.

Elle ne s'inquiète pas pour les enfants. Le dimanche, à moins de les réveiller, ils ne se lèvent pas avant midi. Mais bon, comme on dit toujours. Il suffit d'une fois.

-Bonjour Madame MARAITRE.

-Bonjour.

Elle répond machinalement, ne quittant pas des yeux son mari.

-Marc. Je t'en prie, dis-moi que ce n'est pas toi.

-Je ne comprends pas, je te jure que je n'ai rien fait.

-Madame, nous allons procéder à une perquisition, vous comprenez.

-Oui oui je comprends. Allez-y, mais s'il vous plaît, ne faites pas de bruits. Les enfants dorment. Je n'ai pas envie qu'ils voient leur père comme ça.

-Ne vous inquiétez pas.

Méthodiquement, et avec habitude, ils commencent à fouiller la maison. En commençant par les pièces où Marc à ses habitudes. Surtout maintenant qu'ils font chambre à part. Question de logique. Quoi que dans certains cas, la logique. Et surtout sur cette affaire. Depuis le départ, il n'y a aucune logique. Aucune trame habituelle.

Après avoir visité entièrement son bureau, sans rien trouver de probant, ils prennent la direction du sous-sol.

Marc leur a dit qu'il aimait s'y retrouver pour s'isoler un peu et se retrouver. C'est surtout un endroit ou le reste de la famille n'y met pas les pieds. Alors il se sent un peu seul, et ça lui fait du bien de se sentir seul.

Le sous-sol fait la totalité de la maison, divisé en plusieurs pièces. Le garage pouvant accueillir deux voitures, une buanderie avec machine à laver et sèche-linge. Puis une petite pièce mal éclairée dans laquelle se trouve une table en bois, un poste radio CD et quelques cartons.

Un sous-sol traditionnel pourrait-on dire. Assez semblable à la plupart des sous-sols.

Dans la petite pièce, Babass découvre rapidement des traces de sang sur un carton posé dans le coin. Des emballages correspondants aux deux colis que Seb avait reçu. Puis, posé entre deux cartons, un couteau de type poignard dentelé.

Les preuves. Ça y est. Elles sont là. C'est comme trouver la clé de l'énigme d'un jeu. Il est à la fois excité par sa découverte tout en restant professionnel. Ne pas contaminer les indices. Ne pas laisser exploser la joie de sa découverte.

Seb aussi, de son côté, jubile. Il ne veut pas avouer mais là il va être obligé. C'est le point final se dit-il. Comment nier l'évidence. Ce serait suicidaire de ne pas reconnaître les faits à ce stade là. La partie est gagnée. On a gagné.

-Monsieur MARAITRE ? Vous avez quelque chose à dire ?

Marc regarde le carton. Les preuves, avec une tête défaite. Il ne comprend rien. Son visage atterré, son expression ne correspond pas à ce que Seb s'attendait. Il doit être un sacré comédien. C'est pas possible. Il va nous faire chier jusqu'au bout.

-Je sais que tout me désigne comme le coupable. Mais je ne comprends rien. Il faut me croire.

Il leur répond en essayant, comme à son habitude, d'être le plus honnête possible. Mais il sent bien que cela ne sert à rien. Il va tout de même finir en prison. Mais il ne peut se résoudre à avouer quelque chose qu'il n'a pas fait. Ou qu'il n'a aucun souvenir d'avoir fait. Alors il se tait. A force de répéter qu'il ne comprend pas, il sent bien que ça les énerve. Mais il ne trouve rien d'autre à dire. Rien d'autre qui ne serait pas honnête de répondre.

Le retour au poste se fait dans un silence religieux.

Babass est content, se disant que l'affaire est terminée et qu'il va avoir un peu de temps. Mais il sent son chef soucieux.

Arrivés au service, ils emmènent Marc dans leur bureau pour l'audition.

Babass interroge Seb du regard, puis à voix basse :

-Tu penses à un coup monté ?

-Je ne sais pas. Y a un truc qui cloche avec lui. Dès que son avocat est là, on l'auditionne et on voit après. Je le sens pas. Il va nous faire un truc de merde.

Même son avocat semble perplexe. Défendre un cas comme ça quand il n'y a pas de preuves tangibles est une chose, mais là…

-Marc, vous savez que toutes les preuves sont contre vous, si vous voulez avoir une chance d'être bien défendu, il faudrait plaider coupable et reconnaître les faits. Ça m'aiderait dans mon boulot.

-Maître, je vous jure que je n'ai rien fait. Je ne comprends rien à tout ça. Je sais que tout est contre moi, mais je n'ai rien fait.

Les larmes lui coulent le long des joues. Des larmes de résignation, d'incompréhension et le fait de sentir que sa vie va s'arrêter là, alors qu'il commençait tout juste à la reprendre en main. Ce n'est pas juste pense-t-il. Des larmes de colère aussi. Colère qu'il ne peut exprimer ouvertement. Qu'il n'a jamais pu exprimer ouvertement. Une frustration qu'il connaît, malheureusement, trop bien. Des images de sa vie défilent dans sa tête. A une vitesse folle. Des flashs. Il revoit, en pensée, toutes les brimades. Les humiliations qu'il a pu subir au cours de sa vie. Comment pourrais-je vouloir continuer à vivre. Ce n'est pas une vie. C'est juste un purgatoire. Un cauchemar éternel.

L'audition commence, les mêmes questions. Reconnaissez-vous cet objet, et celui-ci. Pouvez-vous expliquer la présence de ceci, la provenance de cela.

Marc ne parle pas, pourtant encouragé, à ce stade, par son avocat. Maintenant que les preuves sont là, continuer à garder le silence serait certainement pire que de s'expliquer. Il reste muet. Les yeux dans le vague, aucune expression sur son visage. A peine sa poitrine qui bouge sensiblement au rythme lent d'une respiration qui, seule, laisse supposer qu'il est encore en vie.

Seb commence à s'énerver gentiment. Je veux bien être gentil mais caméra ou pas va falloir arrêter de me prendre pour un con.

-Écoutez, vous voyez quand même bien que tout est contre vous. Tout vous relie aux deux meurtres. Ça sert à quoi de continuer votre cinoche. Merde. Écoutez votre avocat. A force de vous entêter vous allez prendre le max, c'est tout ce que vous allez gagner. Donnez-vous une chance de vous expliquer au lieu de jouer les pseudos victimes à la con. Faites, pour une fois dans votre vie, quelque chose de bien. Ça permettra au moins aux familles de faire leur deuil. Vous irez en prison mais au moins avec une petite dignité. Parce que pour moi, c'est déjà plié. Que vous avouez ou pas, on en a assez pour boucler l'affaire. Et aucun jury sur terre ne pourra écouter vos jérémiades et vous relaxer.

Marc ne le regarde même plus. La tête baissée. Il encaisse. Comme à son habitude. Le mal de crâne lui perfore les tempes. Il en peut plus. Il aimerait être ailleurs. Seul. Sans personne autour. Surtout sans personne à lui poser des questions auxquelles il ne peut apporter de réponses satisfaisantes.

Seb s'adresse à son avocat. Lui indiquant qu'il va se prendre un café. « essayez de le raisonner, ça fera gagner du temps à tout le monde ». Il descend avec son café fumer une clope. Surtout rester zen. Il a l'habitude de prendre sur lui. De garder son sang-froid. Mais là, lui non plus ne comprend pas l'attitude de Marc face aux preuves. Il était persuadé qu'il allait craquer. Qu'il avait gagné à l'arrivée. Mais non. Il va continuer à me faire sa tête de « fatigué du bulbe » jusqu'au bout cet enfoiré.

Il sait qu'avec toutes les preuves accumulées, l'affaire est déjà pliée. Il y en a assez pour l'incarcérer pour de longues années. Mais c'est comme ça. Il veut ses aveux. Une façon de boucler le dossier proprement. De finir sur une bonne note. Et là, il ne voit vraiment pas comment ça peut arriver. Il va rester dans son mutisme et ne rien dire. Va falloir se faire une raison et laisser la justice prendre le relais.

Dans le bureau, son avocat essaye, effectivement de le raisonner. De lui faire comprendre que c'est dans son intérêt. Qu'il aura des difficultés à le défendre s'il continue à nier l'évidence. Marc reste impassible. Plus un mot ne sort de sa bouche. Il semble comme paralysé. Le regard vide.

Seb est de retour. Se forçant à rester calme et professionnel malgré tout, il tente à nouveau :

-Toujours rien Marc ? Même pas l'envie de soulager votre conscience ?

Marc tourne lentement la tête vers lui. Le regarde sans rien dire. Son visage commence à changer. Ses traits se détendent petit à petit. Un léger rictus se dessine sur ses lèvres. Puis il se lance.

-C'est bon, ça suffit, je vais parler.

Seb regarde Babass. Le ton de Marc est inhabituel, comme si c'était quelqu'un d'autre qui était là. Son visage aussi est différent. Une transformation, ou plutôt une mutation génétique est en train de s'opérer sous leurs yeux. Hallucinant. Pourtant habitué à beaucoup de choses. Seb en reste sans voix. Il le regarde. Il l'écoute. André avait raison sur un point. Quand on a fermé sa gueule toute sa vie, le jour où on l'ouvre, la terre entière s'arrête pour écouter.

-Vous me fatiguez. Vous n'avez rien compris. Est-ce que je peux avoir un café ? Babass, sans se poser de questions, va lui chercher. Lui aussi est sous l'effet de cette transformation opérant sous ses yeux.

-Et pourtant j'ai tout fait pour ça. Laissez donc ce pauvre Marc tranquille. Vous ne voyez pas qui il est ? Vous le pensez réellement capable de tout ça ? Vous qui avez eu une carrière exemplaire commandant. Toutes ces affaires ne vous ont-elles rien apprises ? Je me suis un peu documenté sur vous. Je vous croyais plus malin. Plus perspicace. Je vous laisse la victoire finale, mais sans panache. Je vais donc m'octroyer la victoire si vus n'y voyez pas d'inconvénient.

Seb, reste sans rien dire. Ne pas l'interrompre. Il l'écoute presque religieusement. Commençant doucement à comprendre ce qu'il se passe. A entrevoir le début d'une explication à toute l'affaire.

-Je vous ai laissé une multitude d'indices. Je vous ai envoyé ces petits cadeaux, et vous n'avez pas su saisir votre chance de comprendre un tant soit peu le cheminement de mon accomplissement. Vous avez aimé le dernier poème ? Je reconnais que je ne suis pas aussi doué pour l'écriture que Marc, mais vous devez reconnaître les efforts que j'ai fait.

Je tiens, par correction à me présenter. Je suis André. Ce pauvre Marc ne pouvait pas continuer sa vie comme ça. Alors je me suis occupé de lui. Et je vous l'affirme, il est totalement innocent dans cette affaire. Je reste le seul responsable. Le seul coupable.

Seb l'écoute sans rien dire. Mais son esprit est en ébullition forcément. Ce fameux André qu'il essayait de localiser. Son esprit de flic refuse de l'admettre, mais il entrevoit la vérité. Il commence à reprendre le fil de ses questions, en changeant quelque peu te ton de l'audition.

-Au point de tuer pour lui ?

-Au point de tuer, comme vous dites. Moi, personnellement j'appelle ça remettre les choses dans le bon ordre. Il y avait des choses à supprimer dans sa vie. Il me fallait faire un peu de ménage. Et on ne nettoie pas sans éliminer quelques saletés. Alors oui, j'ai éliminé. Qui d'autre que moi pouvait le faire. Mais reconnaissez que cela s'est fait avec un certain brio non ? Tuer a été une nécessité plus qu'une envie. Marc ne comprenait rien, bien sûr. Lorsque j'étais présent, il était forcément absent. Comme vous pouvez le constater, nous sommes deux pour un seul corps. Ce n'est pas évident de trouver sa place. Pourtant je l'ai fait.

-Marc vous appelait souvent au téléphone. Vous pouvez m'expliquer ?

-Lorsqu'il a tenté de se suicider, j'ai bien été obligé de me manifester. Il m'aurait tué en même temps ce con. Et pour ne pas le traumatiser, j'ai inventé cette histoire de rencontre et de cet ami. Il fallait bien qu'il entre en contact avec moi de temps en temps. Alors je lui ai fait croire que j'étais une personne à part entière. Je ne voulais pas lui expliquer qui j'étais réellement. Il n'est pas prêt. J'ai donc acheté un deuxième téléphone et lui ai laissé croire qu'il discutait avec son « ami ».

-Il n'est pas au courant de cette deuxième personnalité ?

Seb s'entendait parler et poser la question en se demandant où allait mener cette conversation. Même s'il se doutait du résultat final.

Babass, tout comme l'avocat l'écoutait l'air hébété. Pour une première c'est une première. Babass, pourtant habitué à avoir de la répartie, reste bouche bée. Il laisse Seb mener l'audition sans pouvoir prononcer un mot.

-Non, comme je vous l'ai dit, c'était trop tôt. C'est encore trop tôt. Il a pas les nerfs assez solides pour ça. Et excusez-moi si je vous corrige commandant. Mais je me considère comme une personne à part entière. Et non un double de Marc. Même si, j'en conviens, nous partageons le même corps. Je ne sais pas si vous avez pu l'observer comme j'ai pu le faire au quotidien depuis toutes ces années. Marc est un soumis. Il se laisse faire. Et devenait de plus en plus souvent la risée des autres. Moi qui vis avec lui, ça devenait insupportable. Il fallait que je réagisse, vous comprenez ?

-Ça fait longtemps que vous êtes avec lui ? En lui ?

-Je ne saurais vous répondre. Ça fait un long moment en tout cas. Et le moment est venu pour moi de vivre au grand jour. Alors je suis prêt à assumer tout ce que j'ai fait. Faites votre boulot correctement. Et terminons cette histoire.

L'avocat, reprenant légèrement ses esprits, tente une sortie pour son client. Il sait que c'est fini. Il voit, ou plutôt, il entend comme Seb et Babass. Et lui aussi entrevoit la vérité par les mots de son client. Ou « ses » clients. On ne sait plus trop bien comment tourner la chose.

-Commandant, nous allons mettre fin à cette audition et je demande à ce que mon client soit vu par un psychiatre.

Marc/André le regarde, lui met la main sur l'épaule :

-Mon cher maître, vous avez raison sur un point. La justice voudra comprendre par l'intermédiaire d'un expert tout ce mic mac, mais en attendant, laissez-moi finir je vous prie.

Seb sait bien que l'auditionner dans ces conditions ne servirait pas à grand-chose. Soit ce type joue la comédie, mais il en doute, soit c'est le premier cas aussi poussé de schizophrénie qu'il rencontre. Et dans ce cas, il sait que sans un avis psychiatrique, c'est peine perdue. Néanmoins, il veut le laisser continuer à expliquer les faits, ne serait-ce que par curiosité. Et puis c'est filmé. Au moins le procureur et les autorités pourront se rendre compte également.

-Comme je vous le disais, je ne pouvais plus supporter de le voir subir ces affronts tous les jours sans rien faire. Vous comprenez, je les subissais moi-même. Imaginez-vous être enfermé dans un corps qui ne vous correspond pas. Ne tenteriez-vous pas la même chose ?

Seb ne répond pas. Lui indiquant juste de la tête de continuer.

-Donc, voilà. Le jour où Marc a voulu se suicider, je me suis décidé à sortir et à prendre sa vie en main. A prendre MA vie en main. Toutes ces années, à méditer, à subir, sans pouvoir intervenir m'ont un peu mis en colère. Oh j'ai dû prendre sur moi pour lui parler gentiment. Ne pas le brusquer et m'accepter petit à petit. Je savais que ça prendrait du temps pour qu'il accepte qui je suis. Je vous présente mes excuses pour avoir voulu jouer un peu avec vous. Mais la solitude et l'ennui ont eu raison de moi. Je n'ai pas eu souvent le cas de m'amuser un peu. Ça été mon petit moment de récréation. C'est la première fois que je vis juste moi. Juste pour moi. Alors j'en ai peut-être fait trop, mais j'en avais besoin. J'avais l'impression d'étouffer. Il me fallait de l'air. Il fallait dépoussiérer autour de lui pour y voir plus clair. Et Marc aurait été totalement incapable de faire ce nettoyage. Il a bien fallu que je me salisse les mains pour y parvenir. Maintenant, je vous laisse gérer tout ça au niveau des experts et de la justice.

Impuissant face à ces révélations, l'avocat ne dit plus rien. Sachant pertinemment que son client sera reconnu non coupable par les experts.

Après avoir informé le procureur de ces faits nouveaux. Marc est conduit au centre hospitalier où il est vu par un psychiatre. L'entretien va durer trois heures. Trois heures pendant lesquelles Seb attend. Il attend le verdict de l'expert. Il attend qu'on lui dise qu'il ne sera pas jugé. Et ça le rend fou. Il va s'en tirer. Juste comme ça. Il attend. Une de ces dernières grosses enquête. Et ça va finir comme ça. Il a du mal à réaliser. A admettre ce qui se trame. Mais il est impuissant. Il ne peut rien faire de plus qu'attendre.

Lorsque le psy en a terminé, et, tandis que Marc est reconduit au commissariat. Il fait rentrer Seb dans son bureau pour lui exposer les faits.

-Alors, il est fou ou il joue la comédie ?

-Il n'est pas fou. C'est un cas extrême de dédoublement de la personnalité. Il va falloir plusieurs entretiens pour percer et comprendre le processus de Marc.

-Mais il est coupable ou pas ?

-Pour vous expliquer simplement, Marc est totalement innocent. Il n'a aucune conscience de la part d'André dans sa vie. Et si André existait, oui, il serait coupable. Mais André n'existe pas réellement. Il est son double psychique. Sa conscience mauvaise. Il a refoulé pendant des années un trop plein de soumission et de non-dit. Ce qui a eu pour effet, dans son cas, l'intervention d'un personnage sorti tout droit de son imagination. La peur de la mort de Marc l'a fait sortir pour de bon.

-Il est schizo quoi.

-Non, dans le cas présent, on parle vraiment de dédoublement de la personnalité. Il y a eu quelques cas tristement célèbres.

Il y a eu un cas dans les années 70, aux états unis, d'un individu possédant 24 personnalités différentes. Mais c'est assez rare. Marc a tellement souffert durant sa vie en se renfermant, qu'il aurait pu tuer. Mais sa personnalité l'en empêchait. Et même, je pense qu'il n'y aurait jamais pensé.

-Au niveau de l'expertise graphologique, il a été relevé que les écritures de Marc et d'André ne peuvent pas provenir de la même personne.

-Oui c'est vrai. Dans ce cas précis, c'est le cas. Lorsque André prend le dessus, c'est une personne différente de Marc. Il peut écrire de la main gauche et d'une manière différente pouvant fausser l'expertise. Dans certains cas, il pourrait même parler une langue étrangère totalement inconnu de Marc.

-Ouais. Et il faut que ça tombe sur ma pomme.

-Je comprends votre frustration en termes de justice. Croyez le bien commandant. Mais Marc ne peut aller en prison. Il n'est pas responsable des actes de son double. Et vous le savez comme moi, nous les psychiatres ne faisons pas les lois. On donne juste un avis médical sur tel ou tel cas. Il a juste besoin d'être soigné. Et, croyez-moi cela peut prendre des années dans son cas. Je ne le vois pas sortir d'ici peu. Si ça peut vous rassurer.

-Mouais.

Seb est amer. Il se dit que la vie lui fait un pied de nez pour sa fin de carrière. Comme une parenthèse clownesque sur un nombre incalculable d'affaires qu'il a menée à bien. Certes il pourrait se réjouir en se disant que les meurtres ont cessé un peu grâce à lui. Mais non. Son côté flic ne peut l'admettre totalement. C'est difficile de s'entendre dire qu'un meurtrier n'est pas responsable de ses actes. Difficile de se dire qu'il ne connaîtra jamais la prison. Il sera bien enfermé un temps en hôpital psychiatrique. Mais n'aura pas un temps donné pour cet isolement. Si le traitement fonctionne, il se peut qu'il soit remis en liberté. C'est cette partie qu'il a du mal à digérer.

Pour lui. Pour les familles. Ça donne quand même un petit goût d'inachevé.

Marc restera-t-il Marc ? Ou bien André sera-t-il toujours là, caché dans ce corps. Dans cette tête. Prêt à revenir sur un éventuel

« oubli » d'un traitement que Marc seul, pourra décider d'arrêter, se sentant mieux. Ou bien André prenant le dessus.

Il repense à son début de carrière. Une affaire de meurtre également. Moins spectaculaire que celle-ci. Mais à l'époque, avec son équipe, ils n'avaient jamais pu coincer le meurtrier. Il se dit qu'il va finir un peu comme il a commencé. Une affaire pas totalement aboutie. En tout cas comme il l'entend lui. Comme un caillou dans la chaussure qu'on n'arrive pas à enlever et qui laisse une petite douleur. Douleur qui, certes, ne touche que son égo. Sa fierté personnelle. Qui lui laissera juste une fin de carrière un peu amère.

Déroulé de l'affaire